JN079806

おえりやあせん

日高三幸
HIDAKA Miyuki

文芸社

目次

おえりゃあせん

1

植木農家の点在する道を通り抜け、信号を右に折れると、左右に広がる茶畑の真ん中を、広域農道がまっすぐ彼方までのびていた。

右前方にニョッキリと七階建ての病院が見える。遥か後方に連なる鈴鹿山脈の麓に湧く温泉が、このあたりにも恩恵をもたらしていて、「湯の川温泉記念病院」と、屋上に大きな看板がかかっている。

病院の前を通り抜け坂を下って行くと、病院の陰になっていて幹線道路からは見えないが、老人ホームや身障者などの福祉施設の建物が、一群となって建ち並んでいる。

その一番端にある軽費養護老人ホームの前庭に入り込むと、美里は慣れたハンドル捌きで車を駐車場の一角に納めた。

一番右手の入口から中に入り、食堂に通じる廊下をスタスタと歩いて行っても、出会う人はない。

ロビーのソファに銀髪の老女が一人、入口に背を向けて腰掛けていたが、「こんにちは」

と美里が声を掛けても、振り向く気配はなかった。

いつも通り、エレベーター横の階段から二階に上がり、「倉本登紀（くらもととき）」と名札の入った部屋の前に立つと、ドアは開け放たれていて、レースの暖簾（のれん）の向こうに、パンツ一枚の登紀がタオルで体を拭いていた。

一六五センチ、七十キロ、ほとんど外に出ない体は白く、七十歳をいくつか過ぎていても、老人らしいシワはない。結婚も出産も経験しない乳房は、歳相応に下垂しかかってはいるものの、まるで娘のようなきれいな形を保っていた。

「ああ、美里来てくれたんか。いま足踏み終わってシャワーしてきたとこ。毎日やっとるよ。朝昼晩、五百回ずつ踏んで、それから、寝るまでに上に行ってルームランナーやって……」

「ほうほう、ようまあ続くね」

半ば感心し、半ば呆れ、美里は登紀のパイプベッドの端に腰を下ろして、登紀の着替えを見るともなく見ていた。ひところほどではないが、大きなおなかにクリンとした大きく固いお尻。幅も厚みもある体はいささかも曲がることなく、胸をグンと反らし年寄りらしくなかった。

登紀がホノルルマラソンに出てみたいと、とんでもないことを言い出したのが一か月ばかり前。そんなことできるわけないと思ったから、美里はいい加減に返事をしたが、登紀は本気でその気になっているらしい。

通販で取り寄せたステッパーを部屋の隅に置き、一日三回、五百回ずつ踏んでいるという。その上、退所者が施設に残していったルームランナーを、最上階のフリースペースに置いてもらって、ほとんど専用で使わせてもらっている。

一旦その気になると、何でもトコトン突っ走る性格の登紀は、信じられないような熱意で、何かに取りつかれたようにトレーニングに励んでいるのだ。

更年期のせいもあってか、このところ目立って体重の増えてきた美里が、泡を食って、縄飛び、ウォーキング、水泳、体操と、あれこれ手を出しては、どれも三日坊主で続いた試しがないのを尻目に、着々と脚力をつけている。

狭い六畳の畳の上に、ズシリと腰を落とした登紀は、投げ出した一方の足を、思いっきり頭の方へ上げて見せた。

「ほれ、ここまで上がるようになった」

「わかった、わかった、すごいよ」

二十歳近く年上のはずなのに、その体の軟らかさに美里は舌を巻いた。

「この人は本当にホノルルに行く気か……」

隣の部屋で電話が鳴った。隣室の住人はどこかへ出かけているのか、受話機を取る気配はない。二度三度と鳴る呼び出し音を聞きながら、美里は遠い記憶を呼び戻していた。

2

もう十年近く前になるだろうか。平成に入ってしばらく経った秋頃のことだったか……。

美里は深夜の電話に夢を破られた。美里も夫も両親はすでに亡いが、夫の郷里の九州には夫の兄弟縁者がたくさんいるし、美里の息子二人は勤務地の近くで一人住まいをしている。

夜中の電話は、それらのうちの誰かの異変としか思えないから、心臓がドクドクと音を立てた。

身を固くして受話機を取り上げた美里の耳に入ってきたのは、叔母、登紀の呻(うめ)くような低い声だった。

「もしもし美里……もういけん。もうどうにもならん」

「どうしたのこんな夜中に。いけんて、何がいけんの？」

「淋しゅうて、どうにもならん」

「そんなこと言われたって、こんな夜中にどうせえって言うのよ。本当にどうしたの？」

　声の様子にこれまでと違う気配は感じ取れたが、美里は事態が飲み込めなかった。

　美里のただ一人の父方の叔母、登紀は、戦死した美里の父の妹で、岡山のアパートで一人暮らしをしていた。六十代も半ば。母親とソリが合わず、若い時から家を出て住まいを転々。嫁にも行かず、それでも商才に長けていたお陰で、五十歳を過ぎてから借り店舗で小さなブティック兼輸入小物の店を開いた。

　大柄で、いかつい男のような風体に大胆なデザインの舶来の衣服をまとい、あけっぴろげで賑やかな話しぶりに、店は結構繁盛していたらしい。彼女の周りには、いつも上流家庭の奥さん連中がいて、彼女の店に毎月十万単位の支払いをこともなげにやってのける常連客が、何人も出入りしていた。

　登紀は相手がどんな大物でも物怖じしなかった。ズバズバ物を言い、たちまち昔からの知己のように意気投合してしまうような特技を持っていたので、いい意味ばかりではないが、地域ではちょっとした有名人だった。

だが、自由気ままで不摂生な生活は、いつしか登紀の体を蝕み、トイレで倒れて病院に運ばれた。脳血栓だった。ぜいたく三昧の食生活で、起こるべくして起こった結果ではあったが、これが彼女が坂道を転がり落ちる最初の一歩であった。

商売を続けたい一心で始めたリハビリは、人の何倍もの努力をして何とか自力で歩けるようになったものの、手も足も元のように動くはずはなかった。涙を飲んでブティックはたたんだが諦め切れず、ある宗教団体の取り扱う漢方薬が脳血栓の後遺症にいいと聞くと、徹底してそれに入れ込んだ。

一回何万円とかかる高い薬だったが、惜し気もなくお金をつぎ込み、ほぼ日常生活に不自由しないまでに体の機能を回復させた登紀は、教団の薬に心酔した挙句、教団の扱う健康食品や漢方薬などを売る側に転じ代理店を開いた。
二、三人しか入れないような小さな店舗にも拘らず、売上げは予想以上に伸びた。
登紀は以前の人脈を利用して商品を売りさばき、まだ少し不自由な足を引きずって配達もこなした。結果的にはそれがリハビリの役目を果たしたとも言える。

教団は彼女の販売力に目を付けた。さんざん売らせ、一方、彼女にも高額の薬を次々勧め、その上に先祖供養など、教団本来の宗教行事を矢継ぎ早に打ち出し、登紀の出費は急速にエスカレートしていった。

登紀の見栄は他の信者と同列を許さなかった。人が十万円出せば自分は二十万円、五十万円出せば百万円出した。彼女の性格を見抜いた教団は彼女のプライドを巧みにくすぐり、出る限りのお金を出させた末、利幅の多い商品は本部販売に切り替えると、代理店の多くは潰れた。

登紀の店も例外ではなく、次第に経営が逼迫していった。

そんな愚痴（ぐち）を何度か電話で聞かされ、だからと言ってどうしろと言うこともできず、ただ聞き流すだけだったが、そんな矢先の真夜中の電話だったのだ。

弱々しい声の調子は気になったが、電話で片付く問題でもなかった。

「暇見て一度行くから、もうしばらく待っててよ。ゆっくり話聞くから」

とひとまず受話機を置いた。

3

それから何日かして、今度は明け方電話が鳴った。

「美里、もう本当にどうにもならん。物が売れん。家賃が払えんようになる。先月の売上げは五十万円あったのに、今月は三十万円も売れとらん」

いてもたってもおられないという調子で、訴えは延々と続いた。

「商売なんて波があるもんでしょ？　一か月単位で比べてもしょうがないんじゃない。せめて半年で見るとか……」

商売にはまるっきり素人の美里には、それくらいのことしか言えなかった。そんなことは登紀は百も承知であろうに。

それに美里は腹も立っていた。この前といい今朝といい、非常識な時間に起こされ愚痴を聞かされたのだ。車で配送する仕事をしている美里にとって、睡眠は食事より大事との思いがあったし、ベルの音で一緒に目を覚ます夫への気兼ねもあった。

「見栄張って無計画にお金を使い、底が見えて不安になると時間かまわず人を叩き起こす。いいかげんにしてよ。みんな自分が悪いんでしょ」

そう言ってやりたかった。

登紀の自分勝手なわがままは、今に始まったことではない。ブティックを始める時も、美里には忘れがたい思い出があった。

「開店資金が百万円足らん。お母ちゃんに頼んでみてくれん？　これがないと店は人の物になってしまうんよ。今までつぎ込んで来たもんが全部パーになる。一生の頼みよ」

登紀の「お母ちゃん」は、つまり美里にとっては祖母にあたる。美里は親に縁が薄く、祖母は事実上、育ての親であったが、その祖母は胃ガンに侵され、残り少ない命を病院のベッドに委ねていた。その枕元に、お金の話など持っていけるわけないではないか。

「じゃあ、浩二兄貴に頼んでみてよ。くれとは言わん。貸して言うて。あの人は若い頃、親に借金押しつけて家出して、さんざ親不孝したけど、私は何も迷惑かけとらん。嫁にも出してもらわんで、親には何もしてもろうとらん。このくらい助けてくれてもよかろ？」

嫁に行かなかったのは自分の勝手。五十も過ぎて、老いた親に金の無心をする神経に寒々としたものを感じ、それに口添えすることは美里にとっては屈辱であったが、切羽詰まった登紀は恥も外聞もなくしつこく泣きつき、思い余った美里は浩二を訪ねた。

登紀と二つ違いの浩二は美里の父の弟で、祖母が育ての母なら浩二は父親代わりとも言える存在であった。

昔は若気の至りで親を泣かせたとはいうものの、本来は気の優しい親孝行な息子で、老いて病んだ母親を手元に呼び、手厚い介護をしていた。

平凡なサラリーマンであり、晩婚でまだ子どもの教育費に追われている彼に、不誠実な妹に貸す金などないであろう。果たして浩二の妻は、

「今まで親の見舞いにも来ず、私らを馬鹿にして付き合おうともしなかったくせに、困った時だけどんな顔して泣きつくんやろか」とにべもなかった。浩二も、

「以前二十万貸してまだそのままだよ。よく言ってこれるなあ」

と憮然(ぶぜん)とした顔でつぶやいた。誰の思いも同じであった。

しかし、今度という今度は登紀も進退窮まっている。年齢的に見ても、新しい仕事に挑戦するにはラストチャンスとも思えた。

すったもんだのやり取りの末、母の遺産の前渡しという形で百万円渡すことになった。

但し、その前に、浩二に借りている二十万円はきちんと返すという条件付きである。

美里がそのように伝えると、登紀は、

「百万円なくて貸してと言うとるのに、二十万円余分にあるわけない」

と投げ捨てるように言った。

それはそうかもしれないが、いやな思いをして話を決めてきたのに、店は他人の名義に

なり、登紀は独立のチャンスを失うのか……。

何か空しい思いに突き動かされて、美里は決心した。

「子どものために預けてある定期を崩して二十万円貸すから、とにかく浩二叔父さんに返してよ。そのかわり、頑張って店は潰さないで。貸した二十万円は必ず返してもらうよ」

夫には言えない。後ろめたい思いの美里に、

「すまんね。恩にきるわ」

と登紀は言った。

翌日さっそく大阪に出てきた登紀は、浩二の家に向けて走る美里の車の助手席で、上機嫌で言った。

「このコート十万円。どう安かろう。裏も外せるからスリーシーズン着られるし。あんたも一着買わんかな」

美里は込み上げてきた怒りで、ハンドルに掛けた手がブルブル震えそうになった。

「どんなに迷って私が二十万円工面したと思ってる？　五千円のセーター買うのにも三日くらい考えるような生活しているのよ。十万円のコート買うお金があるんなら、二十万円の借金自分で返しなさいよ」

言葉にならず、美里は前方をにらんだまま奥歯を噛みしめた。この金銭感覚の異常さは何なんだろう。

夜明けの電話は、美里にそんな苦い思い出を呼び起こさせながら、一方的に切れた。

「持ち直したのかな？　一度こちらからかけてみようか」と思いかけた頃、美里の出勤時間間際に電話が鳴った。

4

受話機の向こうからは、聞いたことのない低い中年の女性の声が聞こえた。

「もしもし、登紀さんの姪ごさんでしょうか。私、登紀さんと親しくしている竹光(たけみつ)という者ですけどね、登紀さんずっと落ち込んでいましてねえ、食事もほとんどとってないんですよ。ウツ状態って言いますかねえ。一度来て見てあげてほしいんですが……」

美里は夫の転勤で数年前から大阪を離れ、子どもの手も離れたので終日仕事に出ていた。以前のように自由はきかない。それに交通の便もよくなかった。あれこれと段取りをつけて出発の手筈を整えている最中に、再び電話が鳴った。一度目と同じ人の緊迫した声だった。

「登紀さんが手首を切ったんです。傷は大したことないんですけど、もう私たち他人ではどうにもなりません。身内の方に後をお願いします」

そんな……そこまで追い詰められていたとは思ってもみなかった。だいたいが大げさな物言いをする人で、大したことでもないことで騒ぎ立てる日頃の癖を知っている美里は、今度のことでもタカをくっていた。またちょっと売上げが上向けば、静かになるだろうくらいに思っていたが、後になって思えば、いつになくしつこく悲観的な言葉を繰り返していた。

美里の連絡で一足先に岡山に駆けつけた浩二の話によると、登紀は何日も眠っていなかったのか、目の下に青黒い隈を作り、眼の焦点は合わず、幽鬼のような異様な雰囲気を漂わせていたという。とりあえず浩二の家に連れてこられた登紀は、すぐに精神科医の診察を受けた後、美里の到着も待たず、紹介された精神病院へ送られた。まだ風の冷たい三月のことであった。

ウツ病というものがどんな病気なのか、美里は全く知識を持っていなかった。言葉としては知っていたが、周りにそういう人を見たことはなく、漠然と、気が滅入る病気くらいにしか思っていなかった。原因は？　症状は？　治療方法は？　今後の見通しは？　何もわからず本を買ってきて読んだ。自殺率の高いことに衝撃を受けた。

発病の本当の原因は何だったのだろう。向老期の不安か、金銭的な不安か、元々体の中に因子のようなものを持っていたのか、もっと早く気付いていたら防げたのか、いくつもの疑問が美里の頭の中を駆け巡った。

思い返せば、思い当たることはいくつもあった。電話のたびに、いつからか淋しくてたまらないと言うようになっていた。お金もないと言い張った。被害妄想的な思い込みがひどくなっていた。どれもウツ病の傾向として書かれていることばかり。かなり前から、ジワジワと忍び寄っていたに違いない。

登紀はいくつも信号を出していたのに、何かおかしいと心の片隅に疑問を感じながらも、美里はそれに気付いてやれなかった。

普段から尋常（じんじょう）でない人だから、おかしくても気付かなかったのだと、美里は自分に言い訳しながらも悔いが残った。

5

「面会ができるようになったら、病院から知らせてくることになっているから……」

と浩二の妻の佳代子は言ったが、一か月が過ぎようという頃になっても、何の連絡も入らなかった。

浩二が入れた病院だから、あまり差し出がましいことはしない方がいいと思って、美里はジリジリする心を抑えていたが、登紀のことが頭から離れなかった。

「様子が知りたい」

できるだけ放っておきたそうな浩二夫婦に美里は苛立っていた。

「そんなに気になるなら行ってみればいい。会えなければ、主治医に会って様子を聞けばどんな具合か大体わかるだろう」

夫の言葉に励まされて、美里が病院行きを告げると、浩二夫婦も重い腰を上げて、一緒に行くと言った。

一番ひどい時の登紀の姿を目にしている浩二夫婦にしてみれば、びっくり箱を開けるような怖さがあったかもしれない。

登紀の入院先の病院は、大阪郊外の山の中に建っていた。いかにも隔離されたような場所という感じは否めなかったが、環境は申し分なく、まだ新しい病舎はどこまでも明るく植込みなど緑も多かった。

「すぐお連れしますので、少しお待ち下さい」

病棟に通じるドアに鍵を差し込む若い看護師の手元を見て、美里の心に重いものがのしかかった。

精神病院を訪れるのは、美里にとって初めての経験であったが、ドアに鍵がついているということが、他の病院とは違うということを否が応でも思わされた。

数分して、先ほどの看護師と一緒に登紀が現れた。

「まあ、あんたら一緒に来てくれたん？　もう元気になったんよ。ホラこの通り。心配させて悪かったなぁ」

棒のように突っ立っている美里たちを見るなり、登紀は満面の笑みを浮かべて近づいてきた。それは元気な頃の登紀と何も変わらない笑顔だった。

その瞬間、美里の眼に自分でも予期しなかった涙が湧き上がり、号泣に変わった。

「どうしたん美里、どうして泣くん？」

戸惑ったような登紀の声に美里は我に返ったが、何の涙か自分にもわからなかった。登紀が元に戻った安心感か、こんなに元気になっているのも知らず、訪ねてやらなかったすまなさか、ともかく、拍子抜けするほど明るい登紀の姿に、名状しがたい思いに突き動かされた涙であった。

退院はもうしばらく様子を見てからということになったが、退院したとしてこれからの生活をどうするのか。病院からの帰りの車中、次の段階への不安が、二組の夫婦の心に重くのしかかった。誰もが無言だった。

今までのような一人暮らしはもうできまい。健康食品の店も続けられる状態にはない。ではどうやって食べていくのか。多少なりとも蓄えはあるのか……。

登紀は岡山の繁華街の近くの小さい雑居ビルの七階に、２ＤＫの部屋を借りていた。大家の厚意で、一階の店舗の家賃と合わせて月十万円。立地条件から見ると破格の安さではあったが、店をやめれば部屋も出るという約束になっているらしい。

独り身の登紀にとって、身内と言えば兄の浩二と姪の美里だけ。しかし浩二夫婦にしてみれば、疫病神としか言いようのない登紀を自分の家に引き取るなどとんでもないことであったし、美里にしても身内の情はさておき、親でもなく、別に恩も義理もない叔母を抱え込むことなど考えられなかった。

残る道はただ一つ、老人施設に入ってもらうしかなかった。それに伴う問題は登紀の資産の状況だった。実際にどの程度残っているのか、誰にもわからなかった。

彼女が言う通り、不安でウツ病を発病させるほどひどい状況なのか、逆に、ウツ病になったために正確な判断がつかず、ある物もないようにしか思えないのか、そのあたりが全くわからなかった。

登紀はブティックが調子よくいっていた頃は、かなり羽振りがよかったと聞いている。華やかな交友関係、派手な付き合いを、自慢げに話していたこともあった。

地道に暮らす親戚たちを、甲斐性なしのように馬鹿にし、「遠くの親戚より近くの他人」と公言して、美里に時々電話で近況を知らせる以外、誰とも行き来しなかった。

何でも話が大きいので、噂を聞いても身内の者は話半分に聞いていたが、かなりでたらめで、地に足のつかない生活をしていたのは事実のようであった。

それに加えて、金銭の管理がきちんとできない人でもあった。

友達が借金を申し込むと躊躇なく貸し、借用書も何も取らなかった。儲け話を持ち込まれるとすぐ話に乗り、手痛い被害を被ったことも一度や二度ではなかったと聞く。新聞などで話題になったT商事の詐欺事件の時にも、千万円単位の損失があったらしい。計画的に預金するなど頭になく、世に言う行き当たりバッタリ、勘頼みの生活で、単純でお人好しでお調子者の性格を知る彼女の取り巻き連中は、巧みに彼女を利用した。たまに真剣に忠告してくれる良心的な人もいたらしいが、そんな人を彼女はうるさがって親戚同様に遠ざけ、ほとんど裸の王様状態の日々を送っていたのだ。

そのノリで宗教にも足を突っ込み、もとより宗教心などさらさらなく、教団の扱う漢方薬や健康食品を売ることで得る儲けに没頭したものの、逆に教団に利用され、彼女の言葉によれば「もう食べていけない」状態になったということになる。

その上、登紀は国民年金も掛けていなかった。普通ならそろそろ年金がもらえる歳であるから、細々とでも何とか食べていけないこともあるまい。だが彼女はそんな面倒なことをと馬鹿にして、役所からの再三の呼び掛けを無視した。いくらでも稼げる生活が、いつまでも続くものと信じ、老後は自分のお金で優雅に暮らせるものと思っていた。まさかこんな日が来ることなど、夢にも考えなかったのだ。

そんな事実が一つずつ明らかになっていく中で、誰にも今後の解決策が思い浮かばなかった。

6

六月に入って、美里は登紀に連絡を取った。浩二はどうするつもりなのか、一向に動く様子がなかったが、いつまでも入院させておくわけにはいかない。もうかなりの入院費がかかっていた。

登紀が今後のことについて、どう考えているのか確かめ、ある程度具体的な話をしなければならなかった。その問いかけに、

「もう独りではよう住まん」

と登紀はハッキリ言った。

美里は誰も登紀と一緒に住める人はいないことを告げた。そして老人ホームに入る以外に安心して暮らせる方法はないことを言って聞かせた。プライドの高い登紀がどんな反応を見せるか……。果たして彼女ははっきり拒絶反応を示した。

「そんなふうがわりい（みっともない）ことはできん。そんなら死んだ方がましじゃ」

と頭を振った。

美里は老人ホームについて、根気よく話して聞かせた。

「昔はね、老人ホームというと、行く所のない老人が集まる所という印象があったかもしれないけどね、最近は違うのよ。子どものいる人でも一緒に暮らすのが煩わしいとか、子どもに面倒かけたくないとか、同世代の話し相手がたくさん欲しいとかで、自分から望んで入る人が多いのよ。ホームの中には趣味のサークルもあるし、栄養士さんがいて、食事もきちんと管理してくれるから健康上も安心だし、看護師さんも常駐で何かあっても心強いの。年金がなくても入れてもらえる市営のホームもあるから、お金が尽きても心配いらないよ」

それでも登紀は首を縦に振らなかった。自分の置かれている立場がわからないわけではないが、納得もできない。

心の葛藤を表すように話は堂々巡りになり、その日の話し合いは物別れに終わった。

病院は落ち着き先が決まるまで預かると言ってくれたが、入院費はかさむ。それに、登紀の留守宅の家賃も支払わねばならない。浩二が一時的に立替払いをしてはいるが、登紀の財産が本人にさえ明確にわかっていないという状況は、誰にとっても不安という以上のものがあった。

しばらく間を置いて、美里は再び病院に登紀を訪ねた。長い長い説得の末、登紀は諦めたように老人ホーム入りを承知した。

ひとまずホッとはしたものの、すべてはこれから始まるのだ。美里にとっても、老人ホームは未知の場所であった。まずどこへ行けばいいのか、何から始めればいいのか、電話帳をめくることから始めるしかない。

岡山のアパートの引き払いも美里に任せると登紀は言った。もう何を考えるのも億劫と言いたげだった。当面必要と思われる物だけ残して、後は適当に処分して、家具など大きい物は田舎に預けておいてくれたらいいということだったが、これは一番やっかいな仕事であった。本人の立ち会いなしに、人の物を要、不要に分けて処分することができるだろうか。また田舎に預けると言っても、古い知人の倉庫に入れさせてもらうということであって、生家が残っているわけではない。しかし、すぐにでも取りかからねば家賃がかさんでいく。これは大仕事だと、美里は心の中で唸った。

7

美里と浩二の妻の佳代子は、お互い休みにくい仕事の都合をつけ合って、夏の初めの土曜日の朝、登紀のアパートの部屋に入った。

日曜日中に全部片付けるつもりだったが、物の多さに圧倒された。引っ越しを重ねているはずなのに、押し入れの端までギッシリ物が詰まっている。作業に取りかかる前から、佳代子はうんざりした顔で美里を見上げた。

「これ、二日で片付くと思う？」

「ウーン、でもやるしかないねえ。何度も来れないもん」

切羽詰まると妙に奮い立って、いわゆる「火事場のくそ力」状態になる自分を知っている美里は、それに頼るしかなかった。

着道楽の登紀だけに、どこを開けても衣服が溢れていた。これは勝手に始末するわけにはいかないと思い、片っ端から箱に詰めた。

インテリアや小物類は、途中から姿を見せた大家の老女や、世話になった竹光弘子に、使えそうな物だけ持ち帰ってもらった。

二日目の台所はもっと大変だった。鍋類、食器、調味料、調理器具、これが一人暮らしの台所かと呆れるほど物があり、主婦である佳代子と美里にとって欲しい物はいくらでもあったが、一つ一つ検討している時間などない。今後の登紀の生活に必要と思われる最小限の物だけ残すべく、容赦なく要、不要に振り分けていった。それはベルトコンベヤーの上の部品を、瞬時に選別していく作業員の姿にも似ていた。

「登紀は思いを残さないだろうか……」

美里の心に時折痛みが走った。

夕方近くに、浩二、登紀兄妹の古い友人の志賀がトラックを運転してきてくれた。ベッド、タンス、季節外れの衣類など全部預けた。

この中のどれだけの物が持ち込めるだろう。もしかしたら、このほとんどの物がこれっきりになるかもしれない。

「本当にこれでよかったのだろうか。でも仕方ない。登紀が適当に処理してくれと言ったのだもの」

無造作にトラックの荷台に積み上げられた家財道具を見やって、美里は思い切るように大きく頭を振った。

志賀に荷物の保管を頼み、トラックを見送り、掃除を終えると、初夏の日ももうとっぷりと暮れていた。今日はどうしても家に帰らねばならない。新幹線で大阪まで出て佳代子と別れたものの、美里の三重方面へ向かう近鉄電車はもうなかった。

明日の始発に乗れば、何とか仕事には間に合うだろう。美里は家に電話を入れ、何事もないことを確認してから、ビジネスホテルを探した。もう十一時をまわっていた。

パックのお茶の袋にポットの湯を注ぎ、ベッドと机だけのシンプルなビジネスホテルの窓辺に寄ると、ネオン瞬く夜更けの大阪の街が眼下に広がっていた。こんな光景もう何年も見ていない……。夫の転勤で美里の移り住んだS市は、人口二十万ばかりの地方都市。田舎の好きな美里には住みやすい、心安らぐ町ではあったが、結婚前、大阪のビジネス街でOL生活を送った彼女にしてみれば、これもまた懐かしく、心に沁みる光景だった。

大仕事を一つ終えた安堵感はあったが、退院後の登紀の落ち着く先が未定の今、一息ついてはいられない。

明日からは老人ホーム探しが始まる。経験したことのない世界へ入っていく不安と、何とかしてやらねばという気負いで神経が昂ぶっているのか、二日続きの根を詰めた作業で、疲労はかなりあるはずなのに眼は冴えて、美里はなおしばらく窓辺に立ち尽くしていた。

8

秋口になって市役所の福祉課の窓口を訪ねた美里に、係の人は親切に対応してくれた。ホーム入所の資格は六十五歳以上で、身元引受人が市内に在住なら、他府県からの転入もできること、収入のない人でも入れてもらえること、そして、自立できている人は養護、介護の必要な人は特別養護のホームだと教えてくれた。

登紀は年末に六十五歳になるから、それ以後なら資格はできる。とにかく自分の目で施設を確かめてみたくて、美里はS市で一か所だけの養護ホームである「寿苑（ことぶきえん）」を訪ねた。特養のホームはいくつもあり、今も新しく建設されているが、養護ホームは非常に少ない。都市生活者に比べ、田舎の人はそこそこ広い家や土地を持っている人が多いから、子どものいる人は同居するか、家の近くに子どもを住まわせていることが多い。そのため老齢になっても日常生活にさして不便を感じないから、体が動くうちに老人ホームに入るような人は稀なのだろう。

美里が事情を話すと、施設長は親切に施設内を見学できるよう案内してくれた。

建物はかなり老朽化していた。掃除は行き届いているようだが、板は黒ずみ、ペンキのハゲも目立ち、古い木造アパートのような侘しさがあった。施設長は一つの部屋の前で立ち止まり、ドアを軽くノックした。

「木村さん、おるかい？」

「おるよ」

ドアが開いて、七十半ばかと思える老女が出てきた。

「悪いけどなあ、ちょっと部屋見せてもらえんやろか。見学の人が見えとるもんで」

「ええよ、どうぞ入って」

気のよさそうな老女は、施設長と美里を部屋に通した。四畳半くらいにしか見えない六畳の和室に、天井から電灯が一つ。日焼けして茶色っぽくなった畳の上には何もなかった。

施設長が半間の物入れの戸を左右に開くと、二組の夜具と衣類か何か、身の回りの物が二人分、分けて入れてあった。

ここに二人、毎日顔を突き合わせて暮らしているのか……。気の合わない者同士だったら、ストレスが溜まってどうしようもないだろうな。

「ありがとうございました」

と部屋を出たが、あまりの侘しさに美里は気分が萎えた。

登紀がここでよう暮らすか……。あのプライドの高い登紀がここで暮らせるとしたら、気が狂うか、ボケるか、それ以外には考えられなかった。

「部屋は空いているので、本人さんと相談されて、入られるようなら連絡下さい」

施設長の言葉に丁寧に礼を言い、美里は施設を出た。どうしよう。別の手を考えなければ……。それにはどうしても、登紀の残っている財産を正確に知る必要があった。入院する時点で、五百五十万円現金があったことは浩二によって確認されていたが、商売していた登紀が、他に預貯金を持っていなかったとは考えられない。しかし、佳代子と二人で家を片付けた時、どこからも通帳の一冊も出てこなかった。古いハンコ二つ三つと、タンスの引出しから小銭がバラバラ出てきただけ。

一時は老後の心配もないくらい、蓄えがあったはず。大風呂敷を広げる人だから少なめに見積もっても、そこそこの額はあるはずと周囲は見ていた。それが家賃の支払いも覚束なくなるほど目減りしたのはなぜ？

美里の知っている範囲では、T商事の詐欺事件で被った数千万円の損失と、宗教団体につぎ込んだ常軌を逸した（正確にはわからない）お金、貸したままで返ってこないお金、証券会社関係の損失など、電話で折々に聞かされたものだけだった。それらが全部でいったいいくらくらいになるのか見当はつかないが、残りが五百五十万円の現金だけというのは、誰が考えても腑に落ちないだろう。

人の財産を覗き込む気はなかったが、老人ホームに入るにせよ、後々まで自分がかかわっていくことになるなら、美里にとって知らずに済ませるわけにはいかない。ある程度正確に掴（つか）んでおかないと、今後の見通しが立たないのだった。

9

登紀は多少の波はあるものの、体調は安定しているようであった。主治医の外泊許可をもらうと、美里は登紀を伴って最終的な整理のために再び岡山に向かった。

美里の運転する車の助手席で、こんなことになるなんて、と登紀は人生の誤算を繰り返し嘆き、

「あんたにこんな迷惑かけるつもりはなかったのに……。親のいないあんたに、少しでも残してやれたらと思うとったのに、こんなことになっておえりゃあせんなあ。ごめんな。あんたしか頼る人おらん」

つぶやくように言うと、前を向いたままハンカチで涙を拭いた。

「おえりゃあせん」とは岡山の方言で、「ダメだ、どうにもならない」というような意味で使われる。

「私だって、こんなことになるなんて想像もしなかったよ。でも首つっこんだからにはできる限りやってみるわ。浩二叔父さんのことは悪く言ったらダメ。自分の老後が目の前に迫っているんだから、人の事どころじゃないんよ。それに、今まで兄妹の付き合いをしてこなかった登紀さんが悪いんだからね。困った時だけ頼ったってダメよ」

ノー天気に生きてきた登紀には、そのくらい言っておかねばと美里は思った。

美里にしたって、こんなことに関わる筋合いはないと言えばないのだ。登紀は父の妹とはいえ、一つ家に暮らしたこともなく、別に何か世話になったというわけでもない。ただ登紀に女の姉妹がなく、美里も一人ぼっちだったせいか、美里が高校を卒業した頃から、美里、美里と言うようになり、何か身辺に変化があるたびに電話をよこし、転居するたびにきちんと連絡してきた。だから親戚の者も、登紀のことが知りたい時は美里に聞いた。

美里が結婚してからは、ますますその傾向が強くなり、何か迷うことができると、美里の考えを聞きたがった。

美里にすれば住む世界が違うから、ごくごく常識的な意見しか言えなくて、大して役に立つとも思えなかったが、なぜか美里には素直に自分を晒し、弱音も吐いた。

いつもいきなり電話してきて、自分の言いたいことだけしゃべって切ることも再三で、美里はたびたび頭に来て、「もう知らん」と思いながらも、なぜか憎めなかった。親戚中が登紀のことを疫病神のように言い、馬鹿にもしていたが、美里はそんな気はしなかった。

自分勝手でわがままで、人を引っぱり回して知らん顔で、すぐパニックに陥って騒ぎ立て、確かにとんでもない人ではあるが、意地悪や根性の悪さはかけらもない。人を疑うこともしない。子どもがそのまま大人になったような、純なものをどこかに持っていた。だから人にも騙され、利用されるわけで、痛ましい気がした。

そんな美里の心模様を敏感に感じ取ってかどうか、発病前、美里にＳＯＳの信号を送り続けたのだろうか。

普段が普段だけに、そこまで追いつめられていることに美里は思い至らず、最悪の事態に引っ張り込まれて、放っておけなくなっただけのことだ。

頻繁に電話がかかりだした頃から、叔母と姪の立場は逆転し、美里は娘に対する母のように、登紀に対して時に叱り、時に励まし、時に慰め、なだめた。

不思議な関係と言えば言えなくもないが、溺れそうになってもがいている人を、放り出すことなどできはしない。

「もう、ゴチャゴチャ考えるのはよしなさいよ。こうなったらトコトンつき合ってあげるから。何とかなるわよ」

サバサバと言い放って、美里は少しスピードを上げ、前の車を追い抜いた。

いくつかトンネルをくぐり、中国自動車道を津山で降りて実家の墓参りだけすませると、早めに宿に入って登紀を休ませ、翌日、銀行の開く時間に合わせて岡山の市内に入った。

連絡通り竹光弘子が待っていた。登紀が自殺未遂を起こして以来、二人は半年ぶりの再会ということになる。

竹光にとって、登紀の回復は誤算であり、恐怖だったかもしれないと美里が思ったのはずっと後のことで、その時はただ、友の回復を喜ぶ竹光の姿を、そのままに受け取った。

喫茶店の片隅で、在庫品がどうの、T銀行がどうのと話している二人の会話が、途切れ途切れに耳に入ったが、美里はあえて首を突っ込まなかった。

　登紀の頭が正常なのはわかっている。当事者同士が話し合っているのだ。これですべて片付くだろう。傍で話を聞いたって、これまでの経過を知らない自分にわかるはずもないし、結果だけわかればそれでいいと思った。

　昼食をすませると、竹光の案内で銀行を廻り、預金を清算した。アパートの引き払いの時、どこにもなかった通帳と印鑑は、すべて竹光弘子が持っていた。それがどんな意味を持つのか、その時美里は何も思わず、ああこの人が預かってくれていたのかと納得した。そのくらい登紀と竹光は親しい関係に見えた。

　預けた登紀も、それに何の疑念も抱かなかった美里も、同じくらいお人好しか馬鹿だったのかもしれない。

　銀行に入るたびに、登紀はサングラスをかけた顔を、さらにハンカチで鼻の辺りから隠すようにして、竹光と美里の後に身を置き、それでも行員に対しては本人であることを証明する仕草で清算を待った。

　プライドの高い登紀にしてみれば、羽振りのよかった頃出入りした銀行に、こんな姿で来るということは耐えがたかったに違いない。

解約の時は本人でなければと何度も背を押されて、やっとその場にとどまっているという姿だった。

三銀行と一証券会社ですべては片付いた。株券が少しあったが、買い付け時の何分の一かに下がっていると言われて、それは残した。

とりあえず今日の清算分を合計してみると四百万円ばかりあり、先の五百五十万円と合わせて一千万円近くになる。ほかに一時払いの預金型保険が二口で四百万円。五、六年先の満期になっていた。月掛けの小さい生命保険も二口あったが、これは今後十五年くらい、月々約二万円くらい払い込まねばならないし、満期金も少ない。解約する手も考えたが、今後病気する可能性を思うと、いや現に入院しているのだから、給付金の請求ができる。負担だが解約するわけにはいかない。

あと残っている物と言えば、店にある健康食品の在庫だが、規約では返品はできないという。宗教団体のしたたかさが透けて見える。竹光が預かって売るというので任せざるを得ない。美里の手には負えない分野だった。

それら全部が片付くまで、銀行の通帳はそのまま竹光の手に残った。

それでいいのか。美里はもう判断能力を失っていた。

短時間にあれもこれも片付けて、頭も体も心も疲れ切っていた。まだ登紀を大阪郊外の病院に送り届ける仕事も残っている。それから三重の自宅に帰って、明日からまた仕事……。

こんなにアッサリ引き上げてしまっていいのか、竹光にまだ問い質すことがあるのではないのか、まるでドンブリ勘定のようではないか……。チラチラ思いが頭の中をかすめたが、もうどうでもよかった。考える余裕がなかった。どうせ人のお金なんだし……。

登紀は事態がわかっているのかいないのか、これまた疲れた様子で、車のシートに頭をもたせかけ、サングラスをかけたままの眼をじっと閉じていた。

10

一週間後、登紀の財産の全容を頭に入れて美里は別の老人ホームを見に行った。

年金程度の収入がある人なら入れるという軽費老人ホームと呼ばれるものであった。

半官半民の運営なのかよくわからないが、月額七万円程度で入れると聞いたその施設は、美里の住むS市の隣のY市の、かなり不便な場所にあった。

しかし行ってみると、養護、特別養護施設の他に、さまざまな老人保健施設や身障者の施設、総合病院が一区画に並び建つ、立派なものであった。

日曜日だったが美里が来意を告げると、たまたま居合わせた施設長が快く案内してくれた。

養護棟は五階建てが二棟あり、給食と自炊に分けて、二つの棟はロビーで繋がっている。建物はまだ新しく、ロビーの照明も備品も、洗練されたものが置かれていた。浴室は大きく、しかも天然温泉。ホテルのようなきれいな食堂。娯楽室の広間には畳が敷いてあって、いろいろなサークル活動ができるようになっていた。

どこも明るく陽が入り、この前古い市営の施設を見てきたばかりの美里には別世界に映った。

近々入居が決まっているという空部屋を見せてもらうと、ワンルームのアパートのような個室で、六畳に一間の押し入れと、家具を置く少しの板敷き、玄関ドアを開けると左右にトイレと、流し台兼用の小さい洗面台があった。自炊棟の方は玄関を入った所のスペースが少し広く、ミニキッチンになっているようだ。

「ここなら安心じゃないか」

一緒についてきてくれた美里の夫が、グルグル視線を這わせながら言った。確かにここなら登紀も気にいるだろう。

「でもすぐには入れんだろう。そう甘くはないぞ」

恐る恐る入居状況を聞いてみると、入居待ちが何人もいるので、一年くらいは待ってもらわないとと言われた。

やっぱりそうか。でも部屋が空くということは住人が死ぬということだろう。人の死を待つというのも嫌なものだと美里は思ったが、そんなきれい事を言ってはおれない。

それより、美里の心配は入居費の方にあった。部屋代と食費、医療費と雑費、これだけが月八万円で収まるか。収まったとして年百万円。登紀の資産は先で満期になるものも含めて千四百万円ばかり。単純計算で十四年いける。

市営ホームでお世話になればお金は余るが、夫も子どももいない登紀にしてみれば、「私が死んだら、残ったお金はどうするつもり？」と必ず言うに違いない。

「こんな惨めな生活させて、残ったお金は浩二兄貴のものになるんか」ときっと言う。

お金に人一倍執着心の強い人。あのお金は一円残らず彼女の生きているうちに使ってしまわねばならないのだと、美里は思った。

さんざ世話した挙句、痛くもない腹をさぐられるのもたまらないし、やっぱり軽費老人ホームに入れてもらえるようやってみよう。

だが登紀はまだ六十五歳。八十歳になれば間違いなくお金は尽きる。その前に利用料が値上がりしたり、病気をして治療費がかかれば、もっと早くにお金はなくなる。

「その時はその時だよ。それまで生きるかどうかもわからんし、今すべてを考えるのは無理だろう」

夫の言葉は無責任のようだが、美里もそう思いかけた。先のことはわからない。

登紀が八十歳以上も生きるか、ボケるか、もし長生きしてお金が尽きても、国がまさか死ねとは言うまい。その時は市営ホームに入れてもらえるか……。美里は覚悟を決めた。

だが、入居までの不確定な月日をどうするか。次なる問題にブチ当たる。

ところが、思わぬ偶然から事は順調に動き出した。

美里の話を聞いた職場の同僚の一人が、この前見学に行った施設に手づるがあると言った。

知人に福祉関係の仕事をしている偉い人がいるので、頼めば少しは早い時期の入居が可能かもしれないと言う。

割り込みに後ろめたい思いはあるが、救いの手はそうそうあるものではない。

「チャンスは確実に掴まなければ……」

美里には、神の救いに思えた。

美里の詳しい報告を聞いた浩二は、やっと安心したように、

「よろしく頼むわ」

と言った。

浩二にとって登紀は実の妹。自分の力で何とかしてやりたいと思いはしても、美里ほどの行動力は持ち合わせていないし、妻の佳代子は登紀を忌み嫌っている。家庭を壊してまで登紀の面倒を見る勇気はなかった。

登紀の日頃の言動を思えば、佳代子でなくても面倒が起きるのは容易に想像がつくから、本来なら美里に頼むのは筋違いとわかっていても、他に良策は思い浮かばない。

「お金はどうするの」

と佳代子は言った。

あれだけで生涯乗り切れるか、誰もが不安だ。

「十年は絶体大丈夫。場合によってはもう四、五年いけるかも。それから先はわからない

わ」

と美里は答え、財産の全容はあえて言わなかった。

今細かいところまで言ったところで、先でどんな展開になるかわからない。足りなくなったところで、不足分を援助してくれるわけではあるまい。美里はそう言いたかった。

行き先が決まったことを登紀に知らせると、

「私が入っても恥ずかしゅうない所かな」

と不安そうに念を押した。

このプライドの高さはいったいどこから来るのだろう。いっぺん、S市のあの市営のホームに連れていってみてやろうか。美里は心底そう思った。雑草のように生きてきた美里には、理解しがたい登紀のプライドだった。

11

十二月に入って、美里は登紀の病院から外出許可を取り、Y市の軽費老人ホームの面接に登紀を連れていった。

登紀と同年代の女性の施設長は、仕事柄か登紀の性格をすぐに見抜き、上手に質問を挟みながら入居許可を出せるかどうか探っていた。

登紀の手首の包帯に何かを感づいたのか、施設長は突っ込んで質問してきたが、美里は知らぬと言い通した。

施設長は、もしそんなことが起これば自分の責任問題になるし、施設の名前にも傷がつくと警戒している。立場上、当然のことであろう。

美里は自分が近くにいる限り、絶対登紀に二度と自殺未遂などさせない。必ず守ってみせると心に誓った。

登紀は本来の彼女に戻ってよくしゃべった。最後にホームの中を見せてもらって、双方が納得し、入居は年明けの適当な日にということになった。

登紀は見学中も、どんな人が入居しているのか、気にかける様子はなかった。部屋はともかく、ロビーや食堂の雰囲気が、彼女の心を満足させたことは想像に難くない。

いよいよ年が明けて正月気分も抜けた頃、登紀は退院と同時にY市の「小山田ケアハウス」に入った。

料理好きの登紀は自炊を希望したので、B棟の一階の空部屋に入れてもらった。

ところが登紀は不満そうに言った。

「この前見た部屋は明るうて見晴らしがよかったのに、この部屋は暗い」

窓の外の大きな桜の木が、部屋に影を落としていた。

「モデルルームは四階だったから見晴らしがよかったの。一階の方が何かと便利じゃないの。それに春になれば部屋の中から花見ができるし、夏は涼しい。特等室よ。こんなに早く入れてもらえて感謝しないと。何年も待っている人大勢いるのよ」

美里は不機嫌な声を出した。

田舎の倉庫から小さいタンスと布団など送ってもらい、自炊に必要な台所用品も一通り揃った。押し入れの半分は衣類で埋まった。

部屋にはスチームが通っていて、穏やかな暖かさがあった。部屋にもトイレにも非常ベルがついている。

寮母さんに後を頼み、勤務時間以外ならいつでも来られるから、何か困ったら電話かけるようにと言い残して、美里は施設を後にした。どうかここで落ち着いてくれますようにと、祈るような思いだった。

美里の家から施設まで二十キロばかりある。道が空いていれば三十分で行かれるが、五時頃まで仕事のある美里にとって毎日は行かれない。

週二回くらい食材を買って届けることにした。だが一人分の食事作りは結構無駄が多く予想外に高くつくことに気付いた。

予算内で収まるか……不安が早くも美里を襲った。

一か月近く過ぎた朝、出勤前の美里に施設から電話が入った。

聞き慣れた施設長の声は落ち着いていたが美里の不安は募った。

電話の内容は「登紀が体調を崩している。食事を作る気力がないようなので、とりあえず食堂から運んでいるが、長くというわけにもいかないので、様子を見た上で入院するかどうか、本人と相談してほしい」ということだった。入居早々もうトラブル……。

仕事の帰りに施設を訪ねると、登紀は布団に横になったまま、頭を抱えるようにして壁に向かい、かぼそい声でポツリポツリと状況を話した。

血圧が急に上がったこと、入院はしたくないこと、誰とも話したくないし、ここでやっていく自信がないこと、そして食事も食べる気がしないと言った。眼の下に隈ができていた。眼がいつもと違う。

登紀がウツ病を発症して初めて入院した時の、一番ひどい状態を美里は見ていなかったので、何とも言えないが、たぶんあの時もこんなだったのではなかろうか。

何を話しても耳に入っていないようだった。

自分の思いの中に閉じこもり、淋しい、死にたい、食べたくない、病院も嫌だと繰り返した。

ついこの間まで、あんなに元気で張り切っていたのに……。いや張り切りすぎて反動が来たのだろうか。

知らない所に来て、周りは全部知らない人。何もかも初めての体験。歳を考えると酷だったかもしれない。

住み慣れた岡山で施設を探す道もあったが、何かあるたびに美里たちが駆けつける大変さを思い、また彼女のプライドの高さを思った時、いっそ誰も知らない所の方がいいかと考えて決めた結果だった。

以前はずいぶん社交的で、誰とでもすぐ親しくなる人だったから、きっとすぐ友達を作るだろうとタカをくっていたのが甘かった。

確かに気は小さい。芯がしっかりしているタイプでもない。何かあるとすぐパニック状態になる気の弱さはあった。

調子よくいっている時は勢いで突っ走るがこういう状態に追い込まれると、どう対処していいかわからなくなるのだろう。

開き直って生きることも、プライドを捨てることもできず、ズルズルとウツ状態にはまり込んで行くのだろう。

そんな登紀を前にして、美里はなす術がなかった。背中を向けて横たわったままの登紀の後ろに座り、静かにその大きな背中を撫でた。

「私がついているじゃない。家族がいるからって幸せとは限らないし、体が不自由でも負けずに頑張っている人もいる。お金があり余っていても淋しい人もいるし、本当に人生さまざま。でも一度きりの人生だからね。みんな一生懸命生きている。死ぬなんてもったいないこと言うと、罰が当たるよ。生きたくても生きられない人もいるんだから」

聞いているのかいないのか、登紀は頭を抱えたまま、一言もしゃべらず、動きもせず、眉間にシワを寄せて眼を閉じていた。

一週間ばかり、美里は仕事帰りに毎日登紀の元を訪ねた。何か食べさせないと、体力が落ちて寝込まれても困る。

それもあったが、歳を取って知らぬ土地で老人ホームの一室に寝起きすることが、賑やかなことが好きだったこの人にとって、どんなに淋しいことか思いやると切ない。

身から出た錆とは言うものの、どんな思いでいるだろう。

今この人を支えてやれるのは自分しかいない。一度も生活を共にしたことのない叔母ではあったが、これが血の繋がりというものなのか、不思議ないとおしさが美里の中に波打っていた。

母にも兄にも背を向け、それゆえ疎まれ、一人突っ張って生きてきた、この、女を感じさせるところの何一つない、大きくいかつい体の老女は、今まで心の中に何を抱え、何を思って生きてきたのだろうか。

少し状態がましになると、話はするようになったが、お風呂に入らないとみんなに嫌われるとか、部屋の掃除をしていないので埃だらけで恥ずかしいとか、そんなことばかり言った。

しかし、体も部屋も全く不潔感はなかった。顔は不器量だが、よく太っているのでシワはなく、手足も艶やかで老人くささはなかった。部屋も、最小限の物しか置いていないのでシンプルで、ごみ一つなく、うちの方がよっぽど汚いと美里は苦笑した。

それなのに登紀は「汚い、恥ずかしい」と言い張った。

少し腹立たしく聞いていた美里は、ある時ハッと思い当たった。これがウツ病なのだと。思い込み、被害妄想、確か本にはそんなことが書いてあった。そう言えば倒れる前、「お金がない。家賃が払えなくなる」と繰り返し言った。確かにお金は減っていってはいただろうが、清算した結果を見ても、あれだけの蓄えはあったのだ。足元に火のついた状態ではない。あの頃から思い込みは始まっていたとみるべきだろう。

一週間ばかりで体調はほぼ元に戻ったが、相変わらず不平は多かった。田舎のばあさんばかりで話が合わないとか、みんな年金があるので、自由に物が買えていいとか、マイナスの言葉ばかり吐いた。

年金を掛けていなかったのは自分の不覚などとはサラサラ思ってはいない。それでも少しずつ施設の生活に慣れたか、しばらくは平穏な日々が過ぎた。

12

二度目の波が来たのは、それから半年ほどしてからか。

足が弱くなるのを恐れて、登紀は毎日付近を歩いていたが、つまずいて転んだという。

歩き過ぎて疲れたのが引き金になったのか、また血圧が上がり、前ほどひどくはなかったが何日も引きこもる日が続いた。

これも美里には理解できないことの一つなのだが、登紀は歩く時、脇目も振らずに何かに憑かれたように歩く。ふつう散歩するなら周りを見ながら、いい天気だとか、花がきれいだとか、いろいろ感じながら歩くだろう。

登紀は違う。背筋をピンと伸ばし、前方の一点を見つめたまま、スタスタ大股で機械仕掛けの人形のように歩く。修行僧がひたすら修行に励んでいるような特別の雰囲気で歩く。おそらく、何も目に入らず、何も聞こえてはいないのではなかろうか。あれでは疲れるだろう。偶然その姿を見かけた時、美里は驚いた覚えがある。

そんな山坂を何度かやり過ごしながら日は過ぎ、ある日、施設を出ようとした美里は施設長に呼び止められた。

「登紀さん、自炊がおっくうになってませんか？ 体調が悪い時はどうしても食事が不規則になりますしね。A棟に移られたらどうでしょう。食堂に行けば食べられると思うと、気分的にも楽になると思いますよ」

「私もその方が安心なので話してみたのですが、迷っているようで……」

棟を移ると言っても、二つの棟はロビーで繋がっているし、部屋の造りも同じでキッチンがないだけ。ためらう理由はないと思うが登紀の言うには、

「A棟は自炊しないから暇な人が多く、寄ると触ると人の悪口を言い合って、人間関係が悪いそうだ」と。

どこから聞いてきたのか、嫌そうに顔をしかめた。

人間関係がどうのこうの言ったところで、たいがい部屋にこもってテレビを見て過ごしているのだから、大した影響はないと思うが、たぶん少しでも環境が変わることへの不安から動きたくないに違いない。

「もう少し様子を見させて下さい」

と言って施設長と別れた後、美里はフーッと溜息をついた。

本当にダメな人になってしまった……。

「おえりゃあせんなあ」

故郷岡山の言葉が嫌いで、決して口にしない美里が、思わず自分に向かってつぶやいた。

それから数か月後、何度目かの説得の末に、登紀は重い腰を上げてA棟に移った。

階段を上ってすぐの二階の部屋は、目の前に畑が広がり、視界を遮る物は何もなく、風

通しもよかった。

「明るくていい部屋ねえ」

と美里が言うと、登紀は顔をしかめて、

「朝早くから陽が射して、寝ておれんの。夏は暑かろうて」

と言った。

B棟にいた時は窓の外に桜の木があって、見通しが悪く暗いと文句を言ったし、窓の外に何もなければないで、陽が射して嫌と言う。いったいどんなだったら満足するのか。いや、この人に満足はないのだろう。どんなに状態が変わっても、悪い所ばかり探すのだからら。腹立ちを通り越して、美里はフフッと笑った。一度おかしいと思うと、次々笑いがこみ上げて、美里は声を立てて笑った。

「何がおかしいん？」

といぶかしそうに聞く登紀をよそに、美里はしばらく笑い続けた。

13

食事作りの手間がなくなった登紀は、ますます時間が空いた。施設の中にはいくつかのサークルがあって、多くの人が趣味を楽しんでいるようだったが、登紀はどれにも興味を示さなかった。

若い時はダンスもしたし、手先も器用だった。脳血栓の後遺症がわずかに残って、握力はやや弱いとはいえ、本人が言うほどのことはない。字も書けるし、足は何キロも歩ける。やろうと思えば何でもできるはずなのに、意欲がなかった。

自分から人の中に入って行くこともせず、そうかといって本を読んだり、ベランダで花を咲かせるようなこともしなかった。

押し入れの中の衣類を、季節ごとに入れ替えることさえ億劫にみえた。着る物がないというので押し入れを開けると、毎日着替えてもいいくらい、たくさんの服があった。

あまり世話を焼くと自立を妨げると思い、美里はわざと手を出さないでいたが、一番関心があるはずのオシャレに対してこれでは、どうしようもない。そのうちボケないかと、美里は不安だった。

考えつく限りの提案をしてみたが、登紀はどれにも乗ってこなかった。

「年寄りばかりでつまらん」

「当たり前でしょう。ここは老人ホームなんだから」

そのうち美里は、わずかに登紀が付き合いをしている人が、どんな人かわかってきた。

この施設は地元の人ばかりでなく、遠くから来た人も多い。入居の事情はさまざまだが、生活レベルが一定の水準以上の人が多いらしかった。登紀はどこでそんな人たちを嗅ぎ分けるのか知らないが、親しくなるのは決まってそんな人たちだった。

彼女が以前商売をしていた頃に、付き合っていた裕福な奥さんたち、着ている物や顔つき、話し方、何かでそれに近い人を本能的にキャッチするに違いない。それと、性格のさっぱりした人や性格のいい人を選んだ。

しかし、そんなわずかの友達も、高齢の人が多く、ポツポツと亡くなっていく。

わずかに繋がっていた故郷の数少ない友人も、数年のうちにあっけなく世を去った。

登紀の身辺は本当に淋しくなった。

美里が一番驚いたのは、岡山での登紀の生活に一番深く関わっていた竹光弘子の急死だった。買い物帰りにスーパーの駐車場で倒れ、半日後に亡くなったと連絡を受けた時、美里は登紀にどう伝えようかと悩んだ。

また落ち込まれたらどうしよう。それに竹光には、まだ清算できずに預けたままの通帳や印鑑、書類もあった。

ところが、美里の心配をよそに、登紀は拍子抜けするほど動揺がなかった。

美里は登紀の中から、ある種の感情が欠落したのではないかと、逆にショックを受けた。

登紀は驚いたことには驚いていたのだが、彼女の中には、もっと気になることがあったことが日を経てわかった。

「あの人には、ようけ（たくさん）金を貸してあったんじゃ。二十万、三十万と持って帰って、まだそのままになっとる。それに……」

登紀は驚くようなことを次々話した。手首を切り、兄の浩二が駆けつけた時点で確認した現金の額が、自分の置いてあった額とひどい差があったこと、この前銀行の清算で会った時、疲れていて面倒で何も言わなかったが、店の在庫品のことなど、訳のわからないことがいっぱいあったことなど、体が元気になり、当時を思い出す余裕ができるにつれ、心の中に湧き上がってきた疑念を一気に吐き出した。

初めて聞く話がほとんどだった。登紀と竹光の関係もやっと掴めた。登紀が世話になったからと、一息ついた時に美里が竹光にお礼をしようとしたら、登紀がその必要はないと言い、竹光も受け取ろうとしなかったことがやっと納得できた気がした。

登紀にとって竹光の死は、悲しみではなく「天罰が当たった」との思いの方が強かったのだ。

「でもねえ、登紀さん」

美里は叔母のことを「叔母さん」と呼んだことがない。みんなが昔から呼ぶように、「登紀さん」と呼ぶ。

「でもねえ登紀さん、竹光弘子は死んだのよ。もう何を言ってもどうにもならない。息子さんいるけど、登紀さんはいつもの通り証拠書類何も残していないんだし、お金を返してもらうことはできないね」

「もうちょっと元気になったら、行って話をハッキリさせようと思うとったんじゃ。竹光の息子の結納金も私が出してやった。それに……」

「忘れるのよ。腹立つけどどうしようもない。竹光はしたたかだったのよ。でも死んだらおしまい。元気なだけ登紀さんありがたいのよ」

「お金がなかったら、生きとってもしようがなかろう」

その他にもゆかりの人が次々亡くなったが、そのたびに、あの人には〇〇をもらうはずだったのにとか、あの人は最近土地を売って大金が入ったはずなのにもったいないとか、金銭がらみの話が出るばかりで、思い出話はするが特に悲しんでいる様子は見えなかった。

美里は登紀の心の中が窺い知れなかった。

一人一人思い出の人が消えていくことを、登紀はどんな風に受け止めているのか。お金にしか関心がないのか、表には出さないが、心に深く傷を負っているのか、いや心のうちを隠すほど、感情をコントロールできる人ではないはず。

心が落ち込めば必ず体が反応する。それがないということは……謎であった。

14

そんな時折の出来事をはさみながら、そして時々美里を困らせながら、登紀の日々の暮らしは単調に過ぎていった。

七十を過ぎても、体の方は異常なかったからありがたかったが、お金は確実に減っていっている。それを思うと美里の不安は募る。それは登紀にとっても同じこと、いや登紀にすれば、他人の生き死によりも、お金のことが最大の関心事であるのが、日頃の言動で明らかだった。

精神状態はここのところ安定していたが、やはり波はある。ウツの兆しが見えてくると必ずお金の話になり、

「もう生きとったらいけんのじゃ。早よう死なにゃあ」

と繰り返し、△△喫茶のママに貸したまま返ってこないお金のこと、Y商事の営業マンに騙されたことなど、今まで聞いたこともなかった話もいくつか出てきた。

そんな話を根気よく聞きながら、美里の中にはいくらかの疑問も残る。

登紀の話はとにかく大きい。何度も同じ話を繰り返すが、そのたびに金額が変わったりもする。きちんと帳簿もつけず、おそらく税金もごまかし、感覚だけでお金を動かしていたのではないか。

それにしても、お金にそれだけ執着のある人が、なぜ通帳も印鑑も他人に預けたり、借用書も取らずにお金を貸したりするのか。

そのハチャメチャなバランス感覚が、登紀そのものと言えなくもない。

とにかくもう残りは七百万を切った。残高は登紀の目に触れないように隠してあるが、大体はわかっているはず。だからすぐ「死にたい」と口にする。でもそれが本心でないことを美里は知っている。

どこも悪くないと言われても、登紀は几帳面に月二回必ず病院に行く。精神科の抗ウツ剤は別として、内科は必要ないと思うが、健康管理は徹底（てってい）している。死にたい人がそんなことするはずがなかろう。

数年前になるが、登紀を花見に連れていった時、一緒に誘った登紀の友人が、ほどなく亡くなったことがある。その翌年も偶然なのだが、一緒に行った人が急死した。どちらも高齢であったから、最後の花見をさせてあげてよかったと美里は思ったのだが、登紀はそれ以来、花見に誘っても決してついてこなくなった。

今度は自分の番と思ったのか……。やっぱり死にたくはないのだ。美里はなぜか登紀がいとしい気がした。

それからも、登紀は口癖のように「死にたい」と言うが、この頃美里は軽くあしらう。

「東尋坊から飛び込んだら絶対死ねる？」

「何も電車賃使って東尋坊くんだりまで行かんでも、そこらへんに海でも川でもある」

「ここらで死んだら、あんたに迷惑がかかる」

「どこで死んでも迷惑かかるよ」

「…………」

それでしばらく収まるが、また何か月か経つと蒸し返した。

「生きとっても誰も喜ぶわけでもなし、誰かの役に立つわけでもない。したいことも希望もない。お金の尽きるの待つだけ。それでも生きておらんといけんのじゃろか」

問われて美里は言葉に詰まる。

「人は何か使命を持ってこの世に生まれ、生かされているんと違う？　無駄に生きているように見えても、まだその人には何かやり残した役割があるのかも。それは神様にしかわからない。だから勝手に自分で命を絶ったりするのは罪深いことで、成仏できないというのは、その辺のことを言うのではないかなあ」

信仰心を持たない美里は、こんな時だけ神仏を引っぱり出すが、自分でも訳のわからないようなことしか言えないで、説得力も何もないが、漠然とそんな風に思っている。

だから生かされていることに感謝し、精いっぱい前向きに生きようと思っている。

いつもそう思っているわけでもないが、悲しくて落ち込みそうな時、そう思って気持ちを立て直して生きてきた。

登紀にそんな気持ちが通じるかどうかわからないが、一緒に頑張って生きて行こうよと言い続けるしかない。

15

入居して十年にもなると、登紀の安定期もかなり長く続くようになった。

落ち込んでもそうひどい状態にはならず、自力ではい上がり、美里にも連絡して来ないこともあった。

美里は少し距離を置きながら、定期的に電話を入れ、登紀の「もしもし」の第一声で体調を推し量り、必要に応じて駆けつけた。

調子の良い時、登紀は少し意欲的になって、

「もう一度、何か商売できたらなあ」

と残念そうに言った。売ることにかけては自信を持っているらしい。でも資金がなけれ

ばできないことはわかっているから、話は堂々巡りになり、最後は決まってこう言った。

「私は今まで何度も、もうダメというところまでいっても、必ず誰かに助けられた。もう一回そういうことないじゃろうか思うて……」

「それはわからんよ。人間、棺桶に入るまで何があるかわからんと昔から言う。だから死ぬ死ぬ言わずに、希望を持って生きなさいと言うのよ」

それからしばらくして登紀を訪ねると、

「奇跡を待っとってもいけんし、宝くじでも買おうか思ってお金を取ってあった」

そう言うと、登紀はベッドと布団の間に手を差し込んで、千円札を三枚取り出した。寝押しを掛けられた千円札は新札のようにピンとしていて、美里は「おお」とのけぞった。

「行こう、サマージャンボ自分で買おう」

美里は宝くじなど当たるはずないと思って買ったことはなかったが、万一に夢を繋ぐ登紀の姿を見ると、笑い飛ばすことも、無駄遣いだと咎めることもできなかった。

登紀は持ち帰った十枚の宝くじを、自室に置いてある木彫りの大黒さんの台座に載せ、パンパンと柏手を打ち頭を下げた。

「一億円当たったら、美里にも分けてあげるわな」

「まあガソリン代くらいでもいいけど」

施設まで往復四十キロ、何百回通ったか。

登紀と入れ替わりに大黒さんの前に立った美里は真剣に祈った。

「どうか当たらしてやって下さい。一億円はいりません。この人が寿命を全うするために必要なだけのお金でいいんです」

数週間が過ぎ、宝くじの夢も破れると、

「やっぱり当たらんなあ。誰か借金返す言うて持ってきてくれる人おらんじゃろうか」

「おるはずない」

「それにしても、うちの家系は貧乏人ばっかりよなあ。親が死んでも遺産ももらえん」

またそんな話かと思いながら、美里は昔から気になりながら聞けなかったことを、思い切って聞いた。

「ねえ登紀さん。昔からおばあちゃんと登紀さん、顔合わせるとケンカしてたけど、どうしてああだったの？　たった一人の娘だったのに。私ずっと不思議だった」

登紀は一瞬フッと遠い眼になった。そして突き放すように言った。

「私、あの人が大嫌いじゃった。あの人も私が大嫌いじゃった。私が出来が悪うて気にいらんかったんじゃ。子どもの頃から、そこにおるかとも言われんで、もらいっ子かと思うたこともあった。それで学校出たらすぐ家を出たんじゃ。きつい人じゃった」

「知らんかった……。それでどこに住んでたの？」

「あっちこっち居らしてもろうて。食べるには困らんかったけど、どこに行っても他人の家で、自分の家庭いうもんに憧れとった」

美里が高校生になった頃は、祖母も相応の歳になっていたからか、登紀に会っても別にきつい言葉を発していた記憶はない。

一方的に登紀が母親に対してボロクソに言っていたのを覚えている。老いた母を汚い物を見るような眼で見て、勤め先に挨拶に行くと「何しに来た。みっともない。早く帰れ」と言わんばかりの態度だった。あれは登紀の仕返しだったのだろうか。

病気になっても見舞いに来ることもなく、死ぬまで態度は変わらなかった。

何という悲しい親子だろうと、胸が痛む思いで美里は二人のやり取りを見ていたのだ。

そんな事情があったのか……、奔放に生きているように見えた登紀の心に、そんな闇が潜んでいたのか。無言になった美里に登紀は言葉を続けた。

「それで私は商売に打ち込んだ。商売が好きじゃったからなぁ。売って、売って、本当によう売った。無茶もしたけど面白かった。お金さえあれば人は寄って来るし、馬鹿にもせんよ。もう一回商売したい。それしか思わん」

皮肉なことに、商売上手な母親の血を、一番受けついでいたのが登紀だったとは……。長い年月登紀と付き合ってきたのに、美里は登紀のことを何にも知ってはいなかったと思った。今日初めて登紀の心の中を垣間見た気がした。けれどこれですべてわかったわけではない。まだまだ誰にも言わないことを、心の中に抱え込んでいるかもしれない。

美里は自分を恥じた。何もかもわかった顔をして、登紀を何とかしてやろうと躍起になり、自分の思いだけで言いたいことを言ってきた。登紀はどんな思いで聞いていたのか。かつて、あんなに社交的でおしゃべりで明るかった登紀が、いかに環境が変わったとはいえ、部屋にこもり、引っ込み思案になったのが不思議だったが、病気のせいばかりではなかったのだ。

登紀は、弱い心、コンプレックスを、お金で今まで支えてきた。それをほとんど失った今、彼女は中途失明の人にも似て、どう生きたらいいのか、自信も失い自分の生きる意味すら否定したくなったに違いない。

16

何もしたくないと言っていた登紀が、わずかだが変わってきた。足腰の衰えを気にしてステッパーを買い込み、ベッドに掴まって足踏みしていたが、足元がしっかりしてきたのを実感したのか本気でやり出した。その気になると驚くほど熱中する癖がある。そしてやり過ぎてダウンして振り出しに戻る。

「ほどほどにね」と何度も美里は釘を刺したが、暑さが苦手なはずなのに、真夏になってもずっと続けた。ルームランナーまで借りてきた。

ホノルルマラソンの話が出たのは、それから何週間か経った秋口の頃だった。

「いくら何でも飛躍しすぎじゃないの」

と美里は思ったが、口には出さなかった。あくまでも目標なのだから、それを目指して頑張ればいい。それまでは「死ぬ、死ぬ」と言わないだろうから。「そんなことできっこないよ」などと言うのはよそう。

「登紀さん、ホノルルマラソンに出る時は私が伴走してあげるからね」

登紀は美里の肩をちょっと突ついて、

「まあ偉そうに。あんたも練習せんと走れんよ」

「登紀さんが走れて、私が走れんはずないよ。十八も若いのに」

「美里、あんたなんぼになった？」

「言いたくないけど五十も半ば過ぎた」

「まあ、信じられん。歳とったなあ」

そう言うと、登紀は強い天然パーマの頭を傾けて、じっと美里の顔を見た。

「何よ今更。もうそろそろ帰ろ」

フッと涙が出そうになって、美里はベランダの前に立った。夕立が止んで、わずかに薄陽が射している。東の空に目をやると、半分消えかかった淡い虹があった。陽の落ちる前の空の彼方に、ぼんやりと七色を滲ませ、今にも消えそうな虹は登紀の姿にも似て、美里はしばらく立ち尽くしていた。

17

その頃をピークとして、頑張り過ぎた登紀はまた体調を崩し、ウツの発症を何度も繰り返し、歳が進むごとに回復は遅く、体力も気力も弱っていった。

そして数年後、アルツハイマー型認知症を疑わせるような言動をするようになり、施設に居づらく精神科の病院に入院したが、薬がきつかったのか尿が出づらくなり腎臓を悪くした。それからは坂道を下るように次々と余病を併発、ついに人工透析も受けるようになった。

最後の一年くらいは、美里が見舞っても口もきかず、視線を宙に泳がせて、心中を読み取ることも叶わず、ついに八十歳を目前にした秋の朝、美里が駆けつけるのも待たず生涯を閉じた。施設入所から十五年経っていた。

登紀が施設に入る時、十五年経つと資金は底をつくと美里は大ざっぱな予想をしたが、葬儀を終え、病院の支払いなどすべて精算した後、預金通帳の残高は十数万円。どんなに調整しながら支払ったとしても、役所や保険や複雑な収支が十五年続いたわけだから、予想通りにいくはずはない。それなのに……。偶然というにはあまりに見事な人生の幕引きに、美里は呆然とし、半ば感動し、神か仏か眼に見えぬものの存在を感じないではおられなかった。

通夜の日、美里の長男の隆史が愛知から駆けつけてくれた。美里の三人の息子のうち、彼だけが登紀と交流があった。たまたま大学が広島だったので、三重の実家に帰省する途中、岡山の登紀を訪ねただけのことだろうが、登紀は大そう喜び、彼を食事に連れて行ったり、何がしかのこづかいも与えて、帰省する電車賃にも事欠き自転車で移動する貧乏学生を気遣い励ましたようだ。

隆史とコテコテの岡山弁の登紀がどんな会話を交わしていたのか尋ねたことはないが、二人は結構心を通わせていたようで、隆史は社会人になって愛知で暮らすようになってからも、実家に帰省するたびに施設に入った登紀を見舞った。通夜に駆けつけてくると、「いい顔してるじゃないか」と登紀の柩(ひつぎ)を覗き込み、半日傍に付き添ってから、青春の一ページにいい思い出を残してくれた登紀に別れを告げて帰って行った。

葬儀には登紀の家族とも言うべき兄、浩二の家からは誰も来なかった。浩二は一年前に亡くなっていたが家族はいる。淋しいなと美里は思った。

でも葬儀は決して淋しいものではなかった。ここでも奇跡のようなことが起きたのだ。

登紀の亡くなる一か月くらい前、たまたま営業に回ってきた葬儀社の営業マンに、互助会の入会を勧められた美里は、そのうち必要になるだろうからと、入会の契約を結んでいた。今契約して一回分でも会費を払い込んでおければ、いつ亡くなっても会館使用料と生花など、十二万円相当が無料サービスになるというセールストークに乗せられた形だったが、その直後に登紀は亡くなり、その恩恵を受けることになったのだ。

翌朝、葬儀の会場に入った美里は思わず息を呑んだ。立派な白木の祭壇にたくさんの花々。ピンクのセーターを着てにこやかに笑っている登紀の遺影が正面にあった。

「登紀さんすごいよ。こんなぜいたくなお葬式ができるなんて思ってもみなかった。この会場、登紀さんと私で一人占め。しかも無料だなんて」

派手なことの好きだった登紀はきっと喜んでいるだろうと美里は確信した。

夫は仕事に出かけ、美里一人きりで執り行った葬儀は、葬儀社でも初めての経験だと驚かれたがいろいろ親切にしていただけた。

付き添ってくれた職員の女性は「こんな送り方もあるんですねえ」と感慨深げに言い、「もしかしたらこの方、徳のある方かも知れませんよ」とつぶやいた。仏教で徳を積むという言葉があるが、何のことなのか。登紀が徳を？　何かした？　どんな意味なのか皆目わからなかったが、美里はあえて問い返すことはしなかった。

式の後、遺骨も遺影も位牌も一緒に膝に抱え込んで、身動きできない美里を最後まで傍でサポートしてくれた女性の心遣いと優しさが心に沁みて、美里は初めて涙をこぼした。

四十九日の法要を一区切りとして、美里は登紀のお骨を浩二の家に持って行き、後の供養を頼んだ。生きている時は嫌われても、骨になれば供養してもらえるのか……。

母や兄と折り合いの悪かった登紀が、実家のお墓に入って成仏できるのだろうか。

「でも仕方ないよね。私は嫁に行って倉本の人間ではないもの。登紀さんとはこれでお別れ」

でも美里は思った。骨は実家の墓に入るけれど、登紀の魂はずっと美里の傍にいると。

帰りの車中、十五年間の濃密な登紀との時間が、美里の脳裏を駆け巡った。

18

三人の息子たちを独立させ、孫さえも授かった美里は、登紀が施設に入った頃の年齢に近くなっていた。その間に介護の資格を取り、特別養護老人ホームで働き始めた。

老いの不安、家族との別れ、体の不自由、ウツや認知症の発症、それぞれ問題を抱えて生きる何十人もの入所者の向こうに、登紀の姿が浮かぶ。

「登紀さん、『美里に何も残してやれんでおえりゃあせん』とあんたは言ったけど、そんなことない。私は登紀さんから、お金に代えられない大きなものをたくさんもらったよ。今この仕事でものすごく役に立ってる。体の続く限り、たくさんのお年寄りを支えながら、生きてみるわ」

タンスの上に置いた登紀の写真に、美里は時々手を合わせる。


—完—

白い山茶花

1

どんよりと垂れ込めた空から、時折チラチラと白いものが舞い落ちる。冬の葬式はひときわ重苦しく寒々しい。ただでさえ陰鬱な古い家並みの町は灰色一色に沈み込んで、喪服の上に思い思いのコートを羽織った会葬者の列は、言葉も交わさず肩をすくめるようにして、やっと車がすれ違えるほどの町なかの道を少しずつ進んで行った。

今では操業している家はほとんどないだろうが、昭和も五十年代頃までは、この辺り一帯は飴玉作りを家業とする家が多く、別名「飴屋横丁」とも呼ばれていた。

美里の母方の祖父、梨本栄作（なしもとえいさく）の家も、その家並みの中ほどにあった。美里は高校の三年間をこの家で過ごした。その頃栄作は六十代の半ばくらいだったろうか。玄関を入って右手の作業場で、毎日飴をのばす台の前にいた。

ステンレスを張った台の上に、ほどよい硬さに炊き上がった飴を、釜からどろりとあける。その熱い塊を、栄作は慣れた手つきで操り、ちょうど麺打ち職人が麺をのばす要領で、二本が四本に、四本が八本になり、それぞれの種類の飴玉に合った太さにのばした飴の棒を、何度かころころ転がしながら、適度の硬さまで冷やすと、大きな包丁で均一に切り分け、その上に取っ手のついた板を載せ、「の」の字を書くように何度も板を回す。それできれいな飴玉ができた。その一つ一つの作業に、熟練された力加減を必要とするのであろうが、ただ見ていると、いとも簡単にころころと飴玉は生まれた。その後、乾燥機にかけて冷やし、母と祖母が数えながら袋に入れるが、紙巻きするものは一つずつ先にオブラートで巻き、その上から仕上げ巻きして両端を捻(ひね)る。手間のかかる作業であった。

ポリ袋に入れた後は、火鉢の灰の中に差し込んで熱したコテで、袋の口を閉じ、注文に応じてダンボール箱に詰め発送する。今では信じられないような、すべてが手作業であった。

玄関脇の畳敷きの部屋に座り込み、母と祖母の八重は黙々と紙を巻き、数え、袋詰めの作業を繰り返した。美里もよく手伝った。どこの家もたいがい家族だけか、中学を出たばかりの見習いの「ぼんさん」を雇うくらいでやりくりしていた。

あれからもう四十年近い歳月が流れる。スーパーの棚に、あの頃の素朴な飴玉を見かけることはほとんどない。田舎の駄菓子屋にはまだ置いてあるだろうか。どちらにしても、もうこんな所で、細々と飴玉を作っている家はなかろう。

通りはあの頃と目立った変化はなかった。隣同士の家が、軒をくっつけ合うように建っている。間口は二間余り、奥に深い家が多い。美里の向かう葬儀の式場は、何かの跡地に建てられた地区の集会所らしく、まだ新しかった。

会葬者の列に交じって、美里はもうほとんど式場の前まで来ていた。知った人には会いたくない……そっと辺りを見回したが、見知った顔はなかった。当然かもしれない。三年間住んだとはいえ、この近辺では身内の者くらいしか面識はないに等しい。それらの人たちは今、祭壇の傍らに座り、僧侶の読経に頭を垂れている。

焼香の台は、入口横の一間のガラス戸を取り払った所に据えられていた。前の人の後ろに身を隠すようにして、美里はジリジリと前に進む。前の人が焼香を終え左右に退くと、急に視界が開けた。真正面の祭壇に遺影があった。初めて美里は視線を正面に向け、遺影を見据えた。黒い枠の中の母は、美里の記憶の中の母より老いていた。享年七十六歳……美里が最後に母を見てから、もう四半世紀になる。

あれから母はどう生きたのか……若い日よりなおほっそりと、穏やかな笑みを口元にたたえた老女は、わずかに首を傾けて美里の視線の先にあった。

「お母さん……」

指先に摘まんだ香を、美里はそっと火の上に落とした。

2

美里が最初に母と別れたのは三歳の時だった。その時のことを美里は全く覚えていない。だが、一シーンだけ、ぼかしの額に切り抜いて入れたような記憶が残っていた。

——幼い自分がトラックの助手席に乗せられている。誰かの膝の上だったか、誰かに横から体を支えられていたか定かではないが、運転者以外に誰かがいたことは確かだ。美里は泣き叫んでいた。

「道が違う、こっちと違う。おうちに帰るう」

「違やせん、もうすぐおうちに着くよ」

と誰かの声——男だったか女だったのか、それも思い出せない。泣き叫びながら、山道を走るトラックの助手席にいたことだけは鮮明に覚えているが、その前後の記憶はぷっつりと切れている。

美里の父、倉本幸太(くらもとこうた)は軍人だった。大正の頃、手広く薪や木炭などの燃料を商う商家の長男として生まれたが、非常に優秀な男で、旧制中学でも主席を通し、人の勧めで陸軍士官学校に進んだのち、二十五歳で中尉になった。母の章子(しょうこ)とは見合い結婚だったが、すれ違った人が振り返って見たというほど美しかった章子とは似合いの夫婦で、戦時下つかの間の新婚生活を送った。章子はまもなく妊娠したものの、その時すでに幸太はビルマ（現ミャンマー）にいた。それでも美里の誕生を知らせる便りは、戦地に届いたらしく、互いの安否を気遣う便りが幾度か往復したが、高まる戦雲の中、幸太の消息は途絶え、美里の一歳の誕生日の写真は、空しく不明の付箋がついて戻ってきた。

昭和二十年二月に父、幸太の戦死の公報が入り、自慢の長男を失った祖父、二郎は腑抜けのようになり、祖母、麻代は倉庫の奥で涙が涸れるまで泣いた。二十一歳で未亡人になった章子の悲嘆がどのようなものだったか、誰ものちに美里に話してくれた人はいない。誰も皆自分の悲しみに浸るあまり、他人の悲しみを思いやるゆとりを失っていた。

疎開先の田舎で終戦を迎えた美里たちは、再び元の家に戻ることはなかった。もちろん店は爆撃で消滅し何も残ってはいなかったが、駅に近かったため、復員兵の姿を見るのがつらいと章子が言い、そのまま疎開先に家を建てて住み着いたものの、慣れぬ山里の生活がどんなものだったか……美里が三歳になった頃、章子は婚家を出た。

美里は祖父母の家に残された。自分の意思で残ったわけではないのだから、残されたというべきであろう。祖母の麻代は、

「章子は薄情な女じゃ。ここで美里と暮らしたらええ言うたのに、ここでは暮らせん言うて、あんたを置いて出ていった。籍はそのままにしとけと言うたのに、それも困る言うて、籍まで抜いて出ていった。幸太がひょっこり帰ってこんとも限らんと言うたけど、聞かんかった。結婚前から好きな人がおったらしい」

と美里に言い、周囲にも言い回った。

美里は父方の祖父母、二郎と麻代によって大事に育てられた。二人ともまだ若く、二郎は五十代半ば、麻代は四十代の終わりで、「私の子言うてもおかしゅうはなかった」と麻代がいつか言っていたのを美里は覚えている。だがその祖父は、仕事の事故による怪我が元で、美里の小学校入学を前に亡くなった。

美里の中に残っている祖父、二郎の思い出は、ほんの断片でしかない。はじめて一人でお使いに行った日、遮るもののない田舎の一本道で、何度振り返っても家の前で美里を見ていた姿。暗く恐ろしかった夜の病院の廊下で、白いシーツに包まれた二郎に取りすがって泣いていた麻代。どれも切なく、思い出すたびに美里の胸を締め付けた。

3

祖父の二郎が亡くなって半年後、無事復員し一緒に住んでいた父の弟の浩二が家から消えた。一緒に仕事をしていた友人の借金の保証人になったところが、友人が姿をくらまし、その債務を肩代わりするほどの力のなかった浩二は、逃げるより他なかったのだろう。五十の坂を越え、働く場所とてない母を残して逃げた浩二を責める人は多いが、あれでよかったのではないかと、後になって美里は思った。もしあの時、浩二が村に留まっていたとしても、戦後の混乱の尾を引く、知人とて少ないあの山村で、一体何ができたろう。悪くすれば一家心中になったかもしれない。

残された麻代は、近くの店の店主の厚意で職を得、朝から晩まで懸命に働いた。歳はとっているものの、戦前商売をしていただけあって、何でもテキパキこなして信頼を積み重ねていき、わずかな給料の中から、息子の被った債務までも少しずつ返済していった。

「あの時は、あんたを殺して私も死のうと思った」

と麻代が美里にもらしたのは、息子の借金を払い終えた夜のことであった。一本筋の通った、胆の据わった明治の女の生き様を、その後も美里はことあるごとに見せつけられた。祖母と孫娘は寄り添うように、田舎の四季の中で黙々と生きた。何ら珍しくもない、ありふれた山里の風景ではあったが、セピア色のアルバムのページをめくるように、今でも美里の胸に、折に触れ懐かしく甦る。

まだ舗装などされていない、埃を巻き上げる砂利道。黄色いタンポポに縁取られたれんげ畑と、五月の山を赤紫に染め上げる山つつじの群れ。鮒やハヤが泳ぎ回っていた川には板橋がかかり、米搗きの水車が回っていた。細い疎水の中に腰を曲げて、土用のシジミをすくっていた農家の女性たちの、モンペをたくし上げたふくらはぎの白さ。梅雨の夜空には蛍が飛び交い、夏の夜、縁台に寝転べば、ひしめくばかりに星があった。

生活は楽ではなかったはずだが、どうやりくりしていたのか、美里が差し迫った状況に置かれた記憶はない。事情を知る村の人たちも皆優しかった。

「あそこの家、どうやって食べていきよるんじゃろうか」

と誰それが言っていたと、麻代が悔しがっていたのを一度だけ聞いたことがあったが、人からあからさまに何か言われたり、馬鹿にされたりしたことはなかった。

美里は母を忘れた。忘れたという言い方は正確ではないかもしれないが、日常、美里の意識の中に「母」はなかった。いないのが当たり前のこととして、日々の生活があった。参観日も、家庭訪問も、運動会も、麻代が母の顔でこなした。そうかといって、ふだん母の話が出なかったわけではない。それどころか、ことあるごとに、

「親がおらんもんで、婆育ちで何もできんで……」

と人に言い、美里には、

「ここで子どもと一緒に暮らせ。浩二と一緒にならんかと言うたのに、どうしても帰らせてもらいます言うて出ていった。自分のことしか考えん薄情な女じゃ」

何回も同じ話を聞かされると、またかという気持ちの方が強く、不思議と美里の中に、母への恨みも憎しみも育たなかった。なぜかと聞かれてもわからないが、その頃、美里の胸の中に、「母」の座る場所はなかった。そしてまた、「父」の存在もなかった。

麻代は美里の父に関しては、言葉を尽くして褒めた。学校はいつも一番で、陸軍士官学校を出た後もトントン拍子に出世して、親孝行で弟妹思いで、子煩悩で……と。自分の親を褒められて悪い気のする者はいないだろうが、写真でしか父を知らない美里にとって、父は、母よりさらに遠い存在であった。

父母のことが頭に浮かばないほど、美里は満ち足りていたのだろうか。そんなはずはな

かったが、だからといって「親がいたら……」と嘆くほどつらい日々でなかったことは確かであった。それだけ麻代は美里を守って生きたと言ってもいいかもしれない。いずれにせよ、確かな記憶にない親は、その頃の美里にとっては、他人よりも影の薄い存在でしかなかった。

4

そんなある日、麻代は突然美里を連れて、章子の許を訪れた。美里が五年生になった頃のことであった。章子は麻代の言う「前から好きじゃった人」と再婚して、自分の実家に同居していた。その夫との間に、五歳と、生まれたばかりの、二人の女の子がいた。

駅前からタクシーに乗り、飴屋横丁の中ほどで降りると、麻代は、

「こんにちは」

と声を掛けて、一軒の飴屋のガラス戸を引き開けた。右手の作業場で仕事をしていた痩せた初老の男が、眼鏡越しにこちらを透かして見ると、

「こりゃあ、倉本のお母さん」

と驚きの声を上げ、奥に向かって何か叫んだ。小走りに奥から出てきた品のいい初老の女は、麻代の姿を見つけると、慌てて割烹着を外し、

「まあまあ、ご無沙汰しとります。まあ美里が大きゅうなって……さあ奥に」

と二人を横の通路から奥へと案内した。狭い中庭の先に、勝手口とそれに続く縁側があった。何も訳のわからないまま、美里は麻代の後ろについて歩いた。その時縁側に若い女が出てきたと思うと、

「まあ、お義母さん」

と叫び、後ろに立つ美里に気付くと一瞬息を呑み、

「美里」

と短く叫んだ。麻代は美里を前に押し出すようにして、

「美里、あんたのお母さんじゃが」

と言った。その時美里が何と言ったか、母の章子がどんな顔をしたのか、何をしゃべったか、後年美里がその時の情景を思い出そうとしても、何も思い出すことができない。「美里」と叫んだ母の一言と、「あんたのお母さんじゃが」とつぶやいた麻代の一言だけが、耳の底に残っているだけであった。

そのあと、麻代は持ってきた包みを縁側に置き、章子に言った。

「あんた三十三の厄年じゃろう。三十三の厄には長いもん贈る言うから、帯を持ってきた。気持ちだけ受け取ってくれんかな」

紅白の餅の包みに、一条の帯が添えられていた。

後になってその時のことを思い出すたびに、美里は不思議でならなかった。章子が婚家を去った後、かつての嫁と姑は、多少とも音信を交わしていたのだろうか。それとも、あの日いきなり訪ねて行ったのだろうか。どちらにしても、再婚して二児までもうけているかつての嫁の、三十三の厄年を覚えていて、祝いを持って訪ねて行った麻代とは、一体どういう人間なのか。

ふだんは章子のことを悪く言うだけだったが、憎みながらも、美里という孫を通して、切っても切れない絆を感じていたのだろうか。美里を連れて行ったことも理解できなかった。できることなら、美里に母のことを思い出させたくなかったであろうに。会って美里が母に心が傾いたら、どうするつもりだったのか。見せたくない思いより、親がなくてもこんなにすくすく育っていると、自慢したい思いの方が勝ったのであろうか。

5

突然の母との出会いからのち、またしばらく美里と母が会うことはなかった。一発の花火にも似た、いきなりの母との対面は、美里の中に戸惑いを残しただけで、その時それ以上の感情を呼び起こすものは育たなかったと思えた。

再び平穏な山里の明け暮れの中で、美里は多感な少女として、小学校から中学校へと歳を重ねていった。目に見える変化は何もなかった。

田舎にも四季折々の行事は絶え間なくあって、美里も村人に交じって楽しんだ。桜並木の中を練り歩く、華やかに飾り立てた遷宮の山車の美しさ。お盆の花火大会と盆踊り。浴衣の背中にうちわを挿した青年たちは、太鼓に合わせて自慢ののどを競った。

秋の祭りは特別賑やかで、近隣の村から十台ものみこしが集まった。学校は休校になり、晴れ着の子どもたちと、着物のすそを端折り紅タスキにわらじ履き、振る舞い酒に足元をふらつかせた男たちが終日行き交った。

日がとっぷり暮れた頃、遠くからピーヒャラドンドンと、心の浮き立つような笛と太鼓の音が聞こえてくると、帰って来るみこしを迎えに人々は家から飛び出し、神社の森に一行が消えるまで見送った。

祭りが終わると、山里はほどなく冬の気配になる。四方を山に囲まれた山村は初冬から霜柱が立ち、水溜りは凍り、雪もたびたび積もった。田んぼの中にポツンと建つ美里の家は、夏は涼しかったが、火鉢とコタツの冬はしんしん冷えて、美里と祖母は、コタツに両側から足を突っ込んで眠った。

麻代と二人っきりの肩寄せ合うような生活に、美里は別段何の不足も感じはしなかったが、何か得体の知れない空虚なものが、心の中に巣くっていた。それは歳を重ねるにつれて、少しずつ増幅していくような感じがあった。寂しいというのでもない、遠くから自分が自分を見つめているような、表現しようのない何か醒めた感情が、いつも心の隅にあった。

学校の成績はトップを譲らず、絵でも書でもいくつも賞をもらった。学年が上がるたびにクラス委員にも選ばれた。麻代は美里のことを人に褒められるたびに、「いやいや」と謙遜しながらも、それが生き甲斐のようにうれしそうに話し、

「あんたのお父さんも、何でも一番でなあ……」

と遠くを見る眼になった。孫を通して亡くなった息子を捜していた。

美里はプライドを身につけていったが、それと逆に、何か訳のわからないコンプレックスのようなものが、体にまとわりついているのを感じていた。

大勢の人の中に出ていくのが苦手で、自分を前に出して行くことができなかった。自分の中で確信を持っていることでも、自ら手を上げて意見を言うことにひどく気後れした。

教師に何度もそのことを指摘され、自分自身も歯がゆい思いをしながらも、そんな自分をどう変えることもできないでいた。

中学校に進んで何か月かたったある朝、布団から立ち上がった美里は、体の奥から何か生暖かいものが溢れるのを感じて、口の中で「あっ」と小さく叫んだ。小学校卒業間際に家庭科の先生が女の子だけを集めて、声をひそめるようにして話してくれた「あのこと」がきた。なぜか麻代に言いたくないと思った。けれど、一人で処理できる状況になかった。今始まったばかりの、未成熟な「女の証し」は想像していたような緋色とはほど遠く、その汚い褐色におののきながら、美里はおずおずと下着を麻代の前に差し出した。

その夜、麻代は赤飯を炊いて祝ってくれたが、まだ誰にも言うなと言った。早熟と思われるのを恐れるような麻代の口ぶりに、美里は何か言い知れぬ屈辱感を抱いて、赤飯を飲み込んだ。十二歳半ばで迎えた初潮が早いかどうかわからなかったが、明治に生まれた麻代の感覚としては早かったのだろう。

　母なら何と言ってくれただろうか……。初めて美里の胸に母の姿が浮かんだ。

6

　三年生になって、進路を決める時期が来た。二クラス八十人ばかりの中で、高校に進む者は両手の指にも満たなかった。一番近い高校でも、バスで一時間近くかかった。この辺りから高校に進む者はたいがいK高校に行ったが、麻代は常々、

「あんな程度の低い高校に行ってもしょうがない」

と馬鹿にしていた。確かに毎年トップクラスにいる数名は、何らかの伝（つて）を頼って住民票を移し、市街地にある、レベルの高い高校に進んだが、美里にそんな道は考えられなかった。

　そんなある日、麻代がぼそりとつぶやいた。

「あんた、お母さんのとこへ行かんか」

「えっ」

「章子がうちから高校へ通えばと言うとる」

いつの間に麻代と章子はそんな相談をしたのだろう。美里の知らないところで、二人は時々連絡しあっていたのだろうか。この村にいることが、いいことかどうかはわからなかったが、自分の言い分も聞かず、二人がそんな話を進めていたことに、美里は不快感を覚えた。

「そんなこと勝手に言わんといてよ。いきなりよその家で暮らせるわけない」

「そりゃそうかもしれん。私もあんたを手放しとうはないわ。でもなあ……」

麻代の声は湿っていた。

「こんな田舎の高校行って、農協や役場に勤めてどうなる？　あんたをこんな所へ埋もれさせたら、死んだ幸太にすまん気がしてなあ。章子とこへ行ったら道はなんぼでも開ける。好きなとこへ就職もできるし、ええとこへでも嫁に行ける。ここにおったらつまらん。学校の先生にも相談したら、やっぱりその方がええ言われた」

「ばあちゃんは、街に出るわけにはいかんの？」

「私はおじいさんの残してくれたこの家を守る。売ったってなんぼにもならんし、買う人もおらんわ。昔商売しとったとこ残しとったらなあ。戻らんつもりで安うに売って、今じゃえらい値上がりしとるそうじゃ。運がなかった。ここにおれば、幸太の遺族年金で何とか暮らしていけるけど、よそに出たら暮らしていけん」

長男の戦死、嫁の再婚、夫の早世、次男の家出……これでもかと襲ってくる思いもかけない人生の荒波を、必死にかいくぐってきた麻代は、精も根も尽き果てているはずなのに、たった一人残った孫の行く末を、冷静に判断するだけの気力を、まだ残していた。

美里は何日も答えが出せなかった。麻代の言う通り、このままここにいては希望はない。しかし、母の家に行くことの不安は大きかった。母は自分の実家にいるのだから、母の両親は美里と血の繋がった祖父母だが、母の夫と、美里にとっては異父妹になる子どもが二人いる。今まで何ら交流のなかったそんな家庭の中に、どうやって入って行けよう。それと同時に、麻代を一人残していくのもつらかった。

迷い続ける美里を見て、担任の杉本は、放課後の職員室に美里を呼んだ。

「事情はよくわかっているつもりだよ。君には酷な状況とは思うが、君はこれからの人なんだ。思い切って広い世界へ出て行けよ。ばあさんは心配いらん。気丈な人だ」

先を見ろと言う、年頃の子を持つ杉本の父親のような説得は、美里の心に沁みた。そして、ギリギリまで迷って決めたH高校の合格の知らせは、美里の人生の大きな分かれ道になった。

美里との別れを決めた麻代の心も、いざとなると揺れ動いた。美里が母の許へ発つまでの半月足らずの間に、何度、愚痴とも厭味ともなく繰り返したことだろう。

「章子は若いし綺麗じゃもん、あんたは章子のとこへ行ったら、私のことは忘れるじゃろう」

「そんなことないよ」

最初懸命になだめていた美里も、度重なると返事をしなくなった。

(母の所へ行けと言ったのは自分ではないか。私が行きたがったわけじゃない。そんなに私が信じられないなら、そんなこと言い出さなければよかったのに)と、口には出さなかったが、新しい生活への不安に押しつぶされそうになっているところへ、追い打ちを掛けるような麻代の言葉に、美里の心はささくれ立った。

美里をそのまま取られてしまうのではと思う麻代の不安、別れのつらさが言わせている憎まれ口を察してやれるほど、美里は大人になりきっていなかったし、心のゆとりもなかった。ただ腹立たしく、悲しかった。

7

四月に入ってすぐ、美里は母の許へ発った。麻代も挨拶がてらついて来て、

「くれぐれもよろしゅう、頼みます」

と章子に頭を下げ、

「ほんなら元気で。よう勉強してな」

と、美里の顔をじっと見た。美里が黙って頷くと、麻代は薄いショールをキュッと握り締めるように胸の前で合わせてから、足早に帰っていった。美里の視界の中で、小柄な麻代の撫で肩が、よりかぼそく遠ざかり、霞んで消えた。

その日から、台所脇の三畳の部屋で、美里の新しい生活は始まった。隣家の塀に手の届きそうな窓際に、小さな文机が一つあった。

母の夫は穏やかな顔の優しい人で、突然の闖入者（ちんにゅうしゃ）である美里に対しても、ごく自然に接し、声も掛けてくれた。母は幸せそうに見えた。

この家は章子の実家であったから、章子の妹たちも時々出入りしたが、美里にとっては

血の繋がった叔母たちであるから、十数年の空白はあっても、血縁ゆえの不思議な親しみがあり、

「まあ、こんなに大きくなったの」

と言われると、緊張も消えた。お互い遠慮と気持ちの探りあいは仕方のないことではあったが、美里は少しずつ新しい家族に馴染み、高校生活にも慣れていった。

保護者会があると、章子は大島紬の和服姿で学校に来た。ほっそりとして華やかな雰囲気ではないが、凛とした気品を漂わせた母を、美里は密かに誇らしく思った。

そのまま日が過ぎれば誰も傷つかず、美里と章子は十数年の空白を埋めて、普通の母と娘でいられたろうに、誰もが二人の幸せを願っていたにもかかわらず、当初の緊張が緩むにつれて、当然起こりうることの見本のようなことが、次々と出てきた。

祖母の八重は美里を掴まえて、章子が美里を手放さざるを得なかった状況を、綿々と話して聞かせた。章子の妹たちも同じだった。これまで聞かされてきた父側の言い分と、それらは真っ向から対立するものであったし、母もまた、

「あんたと一緒に暮らしていたら、迎えの人が来て、無理やりあんたを連れていった」

と言った。美里の頭の中に、トラックの助手席に乗せられ、道が違うと泣いていた、幼

い頭に焼き付けられた、あの不可解なシーンが甦った。

それがあの時だったのか……母の話の通りなら、おそらく麻代かその縁者が、母の許にいた美里をトラックに乗せ、連れて帰ろうとして、本能的に気付いた美里が母の所へ帰りたいと泣いた……そうだったのか。

さらに母は、父の幸太が亡くなった後の、麻代の仕打ちの数々を語った。

母方の親族たちにしてみれば、二十歳やそこらで夫に死なれた若妻が、婚家でどんな仕打ちを受け、どんな経過を辿って幼い娘を残してきたか、おそらく父方の縁者たちから、都合のいいように聞かされて育ったであろう美里に、どうしても伝えておきたかったに違いない。

今まで話す機会が与えられなくて、それぞれの胸の中に溜め込んでいたものを、今こそと美里にぶつけてきた。その思いがわからない歳ではなかった。当時の母のつらさも、周りの人の無念さも十分思いやれたが、それで美里がどうできるものでもなかった。

繰り返し聞かされる過去の真実なるものを、ただ黙って受け止め、自分の中で消化させるのみであった。

真実は一つとはいえ、見る側によって状況が変わるのは世の常であって、どちらが嘘をついているなどと、言い切れるものでもないだろうが、こんなにも白黒が逆になるものかと、戸惑いを通り越して、美里の心は醒めて行った。

父方にせよ母方にせよ、誰か一人くらい、相手方を少しは弁護する人がいてもよさそうなものを、それもなかった。

麻代の気性を思う時、母方の言うことが正しいかとも思えたが、だからといって、十数年共に暮らした麻代との絆が薄くなるものでもなかったし、母との距離が急に縮まるというものでもなかった。美里は次第に自分の中に閉じこもって行った。

小学三年の異父妹は優しくて、何かと美里をかばったが、五歳の妹はわがままで、美里が自分の意のままにならないと、憎まれ口をきいた。

「あんたここの家の人と違う。おばあさんの所へ帰れ。早よう帰れ」

母がたしなめても、気に入らぬことがあるたびに、美里に当たった。

「あれは私のお母さんじゃからね」

と挑発的な眼で美里を見つめる五歳の瞳は、本能的に自分の母を譲るまいとしていた。

来客の（あの子は誰?）と聞きたそうな視線も息苦しく、（ここに来たのは間違いだったかもしれない）と思うようになった。居場所がなかった。

ある時美里が帰宅して自分の部屋に行こうとした時、祖母と母が言い争いをしているのが聞こえた。

「あの子が……じゃからというて、私のせいにせんといてよ。私が育てたわけじゃなし」

「美里はものを言わんから、何を考えとるのか、ちいともわからん。おばあさんが育てたから子どもらしいところがないが」

途切れ途切れで話の内容はよくわからないが、自分が原因で母と祖母の八重が争い、争いながら二人とも、美里が自分たちに腹の内を見せず、子どもらしくないのは、麻代がそのように育てたせいだと、麻代を憎んでいるのがうかがえた。

「私がちゃんとしなければ、ばあちゃんはますます悪者になる」

それは十分にわかっていながら、美里は泥沼にはまりこんだように、現状から抜け出せなかった。すべてが悪循環になり、ギクシャクした空気が家中に漂っていた。

そんな中で、二人の男たちは変わらなかった。母の夫はいつも優しかったし、祖父は何があっても仕事場で飴の棒を転がし、丸い眼鏡越しに柔和なまなざしを美里に投げかけた。すべてを知っていながら、誰を非難することもなく、黙々と働き、一家の柱として静かに生きていた。

美里にとっては、唯一逃げ込める場所だったにもかかわらず、彼女にはそれができなかった。物心ついてからずっと、家の中に男の姿はなかった。それが無意識のうちに、祖父との間にも見えない壁を作ってしまったのか、美里は甘える術を知らなかった。

8

美里が三年生になったある日、美里の部屋が裏の仕事場の奥の、かつて住み込み職人がいた部屋に移された。美里はホッとした。広いし、家人と顔を合わす機会も減る。ただ、なぜその部屋が空いたのか、その時は気にも留めなかったのだが、後年美里はハタと思い当たった。

美里が寝起きしていた部屋は、台所と接していたと同時に、母たちの寝室ともふすま一枚で隣り合っていた。

美里はいつも深夜まで勉強した。田舎の中学校から来て、それまでの成績を保つのは無理だったが、意地があった。成績がよければ、ここが居心地の悪い所であっても、馬鹿にされることだけは避けられると思う、無意識の保身の術だったかもしれない。

だが、母夫婦はその頃まだ三十代の後半。隣室の美里が、夜遅くまでページをめくる音が、気に障らないはずはなかっただろう。その頃、不幸にして美里はそんなことに気づかなかった。もしかしたら、そんなことが母の不快を買って、口に出して言えないことだけに、気まずい雰囲気に陥ったのかもしれない、と思ったのはずっと後のことで、長い麻代との二人きりの生活の中で、夫婦がどんなものか美里は知らなかった。

知らずに犯した小さな罪が、人間関係を思わぬ方向に歪めてしまうことは、いくらでもあるだろうが、親子でさえもそうであるなら悲しい。しかし、同じ屋根の下に住むだけで、まだ真の親子になり得ていない章子と美里であれば、当然起こりうることであったと言えよう。

学校生活は平穏だったが、家庭での孤立感は外でも尾を引いて、自分を表に出せず、人の輪の中に溶け込めず、そのくせひたすら平静を装っていた。親しい友も持ち、ほのかな恋も味わいながら、なお美里の心はいつも風が吹き抜けて行くような、寂寥感を抱きつづけていた。自分の存在がひどく頼りなく、不要なものに思えた。

三年も住んだO市なのに、後から思い出そうとしても、美里には道一本にしてもどこからどこへ通じているのか、正確に思い出すことはできなかった。毎朝通学の市電の窓から眺めたはずの風景も、ほんのわずかな断片を記憶の中に残すのみで、美里の中から消えていた。

（あの頃、私は何を見、何を考えて生きていたのか……）

「おまえここに三年住んでいたんだろ？」

後に夫とO市を訪れた時の、美里のあまりの方向音痴ぶりにあきれ返った夫の言葉に、美里は自分を見失って生きた三年を思った。

母とのぎこちない関係を修復できぬまま、何とか高校生活を終えた美里は、関西の大手企業に職を求め、逃げるように自ら母の許を去った。祖母、麻代とはさらに遠く離れた。だがすべてを振り払うように新しい生活に飛び込んでも、胸のつかえが消えることはなかった。

9

美里が再び母の顔を見たのは、美里の結婚式の日であった。美里の結婚が決まった時、章子を呼ぶかどうかで、父方の親族は揉めていた。麻代は露骨にいやな顔をした。幼い頃捨てたくせに、今頃母親顔して出てこられたら、苦労して育てた自分の立場はどうなる。美里が拒否するのが礼儀と言いたげな口ぶりであった。

だが美里は母に来てくれるなとは言えなかった。麻代の言い分もわかったが、とにかく三年間世話になり、結果的には母の家庭をかき回してしまった。その後の五年間の社会人としての生活の中で、あの時期をうまく切り抜けられなかった自分の未熟さを、反省する気持ちのゆとりも生まれていた。

あの時、もっと素直に母と向き合うことができていたら、母とその周りの人たちを傷つけずにすんだだろうし、自分もあれほど深手を負うこともなかったろうに……。

悔いが美里の中を駆け巡っていた。だから、都合のいい時だけ「親だから面倒見て当然」と利用しておいて、結婚式には来るなと言う、麻代の言い分には身勝手を感じた。

結局章子は当日やってきたが、式場に直接入り、披露宴が終わるとすぐ帰って行った。

後日美里の許に来た手紙によると、

「披露宴の席には叔母として出てくれ。誰にも美里の母とは名乗るなと言われた。まったく人を馬鹿にしていると、悔しくて涙が出た」

とあり、麻代は麻代で、美里を呼びつけると、

「やっぱりあんたは、お母さんに来てほしかったんじゃろう。来る方も来る方じゃ。今日まで育ててもろうてすまんかったと、礼の一つも言わんと、機嫌悪うに帰っていって」

と声を荒げた。

白々したものが美里の胸の中を流れ落ちた。

二人とも美里への愛情を表に掲げているが、本当にそうだったのだろうか。本音は嫁と姑の意地の張り合いに過ぎなかったのではないのか。お互いが自分を主張すれば、間に挟まれた美里はつらい。それが二人とも見えていない。自分の立場を守ることしか考えていない。

美里は母と別れた本当の原因がどうであったかなど、どうでもよかった。仮に母が再婚の邪魔と思って自分を残して去ったとしても、当然と言えば当然。二十歳を過ぎたばかりの母なら、いくらでも再婚話はあっただろうし、連れ子などないに越したことはない。また、夫の実家に義理立てして、未亡人のまま朽ち果てるなど、とんでもなくもったいない話で、母の選択は正しかったと思っている。

一方、仮に祖母が親子を引き離したとしても、長男の忘れ形見を嫁に渡すことは、当時の世情からすれば許せないことだったかもしれない。まして再婚されて会うこともままならないとなると。だから、どちらに対しても恨みの気持ちは全くなかった。

二つの人生を同時に生き比べることはできないのだから、母について行っていたらどうだったか想像することはできないが、結果としては、お互いこれでよかったのではないのだろうか。それを何をいまさら、角突き合わせて相手を非難し、やっと平穏な生活と自分の居場所を見つけた美里を悩ませるのか。

美里は夫の背中に凭(もた)れて、黙って涙を流した。

10

美里が三人目の子を産んでしばらくたった頃、長く便りもなかった母がいきなり訪ねて来た。新幹線と在来線を乗り継ぎ、決してわかりやすいとは言いがたい、新興住宅地の一角に建つ美里の家を捜してやってくると、

「来年あんたは三十三の厄じゃと思うて。最近の若い人は厄年なんか気にせんようじゃけど、女の三十三と男の四十二は大厄言うから……。何か長いもん買って厄除けして」

と白い封筒を机に置いた。瞬間、美里の脳裏を二十年ばかり昔の光景がよぎった。

確かあの時、祖母は母の三十三の厄年と言って、美里を連れて母を訪ねた。何年も会わない人、会いにくい人を動かすほど、厄年って意味があるものなのか、ただ二人とも偶然に、会う口実として厄年を利用しただけのことなのか、まるで二十年前のお返しのような、その日の母の行為を、美里は不思議な思いで受け止めた。

母は土産に持ってきた鮮魚を自ら煮つけ、美里の生活ぶりを見定めると、多くも語らず帰って行った。まるで突風が吹き抜けて行ったような、半日ばかりの出来事であった。

とにかく母は美里のことを忘れてはいなかったし、美里もまた、母への思いが胸の底にあった。どちらかが思い切って一歩踏み出せば、美里も子の親となった今、お互い主婦として母として、同じ土俵の上で語り合い、関係の修復ができただろうに、意地か遠慮か、二人ともその一歩がどうしても出せなかった。

そんなある日、父方の身内でただ一人、章子と付き合いのあった美里の叔母の登紀が、憤懣やるかたないという口調で、美里に電話で訴えた。

「あんたのお母さんの上の子、何と言うたかなあ、そうそう弥生。このまえ出会うたらなあ、もう私に出入りしてほしくないと、母が言うてましたと言うんよ。馬鹿にしとると思わん？　あの子、市民病院のお医者さんと結婚するんじゃて」

「だからってどうして」

「つまり、章子さんの過去に繋がるややこしい者は、遠慮してくれってことじゃろう」

「だって結婚するのは母じゃないよ、弥生でしょ?」

美里はあれきり会っていない上の妹の、おっとりしたやさしい顔を思い浮かべた。あの頃まだ小学生だった。きれいな娘になっていることだろう。

「そうじゃけど、いい家に嫁に行くとなると、いろいろ気になるんじゃろう、親としては。でも腹立つわ。何も悪いことしたわけじゃあなし」

美里は母の真意が知りたかった。それによって自分が今後母との付き合いをどうすればいいか考えるよすがにもなる。今こんな状態なのだから、何が変わるというものでもないような気もしたが、何か心に引っかかった。

生まれて初めて、母に正面から向かっていった美里の手紙に対して、

「あの人は生活がでたらめで、とかく良くない噂のある人なので、できれば遠慮してほしいと思っただけです。顔の広い人でもあるので、弥生の結婚相手の知り合いなどに、昔のことなどあれこれ言われると迷惑なので。あなたのことは、みんな知っていることですし、何ら気遣いは無用です。誤解しないでほしい」

と返書が来た。

弥生を守ろうとする母の親心はわかったが、なお釈然としないものが、美里の中に残っていた。

（叔母は小姑とはいえ、当時母の唯一の味方だったから、今でも付き合いがあったはずなのに……）

そんなことがきっかけになったかどうか、美里と章子の交流はいつしか途絶えて行った。

それから間もなく、次男の許に身を寄せていた麻代が亡くなったが、美里は母には知らせなかった。知らせれば母は来るだろうし、田舎の家で執り行われる葬儀に来れば、昔を知る村人たちの好奇の目に晒される。それに、美里の結婚式の時のように、父方の人の間でいやな思いをさせるかもしれない。母をそう気遣って、美里は知らせなかったのだが、後日他人の口から、美里が知らせなかったことを、母は不満に思っていたと告げられた。母には母の、姑、麻代への思いがあったのだろうか。

良かれと思ってしたことが裏目に出る……心の通い合っていない者同士の、些細なことから起こる気持ちのすれ違いが悲しかった。

それから数年して、風の便りに祖父、栄作が亡くなったことを美里は聞いた。母からの知らせはなかった。麻代は母にとって三十数年前に姑だった人であり、恨み合ったとも言える仲だったのだから、その死を知らせなかったとしても、恨まれる筋合いはないと思うが、栄作は美里にとって血縁の祖父であり、母との同居の間黙って見守り、時にかばってくれた人である。美里の祖父への気持ちを知らない母ではなかったはずだが……。麻代の死を知らせなかったことへの母の報復なのか、それとも何か、母なりの心配りがあったのか、美里には判断がつかなかった。

どちらにせよ、母の両親が亡くなり、麻代が亡くなり、母と娘を取り巻く重圧は半減したにもかかわらず、二人の距離は一向に縮まらなかった。どうしてこんなことになってしまったのか。美里はどうしても悪い方に考えてしまう。

一つには、母はかつての姑への恨みを通して、美里への思いを募らせていたので、恨みの対象が消えた時、美里への思いも薄れた。もう一つは、先夫側の人の中で育って、自分側の人と心底打ち解けることがなく、自分にも甘えようとしなかった娘に、自分の方から機嫌を取るように寄っていくのは、親としてのプライドが許さない。そう考えたのではないか。そんな被害妄想的な思いと並んで、再婚によって幸せな家庭を得て、親も看取り、充実した人生を送っている母に、自分など必要ないだろうという、一歩引いた思いが、母に声を掛けるのをためらわせていた。

もしかしたら、母の思いは美里の想像とは、全く違っているかもしれない。思いを堂々巡りさせながら、美里は真実を確かめることができぬまま、子育てに追われ、仕事に追われ、月日ばかり容赦なく流れた。

11

最後に母に会った日から二十数年になろうか。その知らせは思わぬ所から来た。母の住む街の近くに嫁いでいる高校の同窓の友は、電話の向こうで遠慮がちに聞いた。

「あなた、お母さん亡くなられたの、知ってる?」

「えっ」

「さっき車でおうちの前を通ったら、花屋さんの車が止まってて、白い菊の花下ろしているので、ハッと思って聞いてみたら、おばあちゃんだって言うもんだから……」

美里母娘の事情を多少知っている友は、言葉少なだった。「おばあちゃんが」と言われて美里は瞬間ピンと来なかった。美里が母を最後に見た時、母はまだ五十をわずかに過ぎた頃だったから、美里の中で母はまだそのままの姿でいる。今なら七十の半ばか……確かにおばあちゃんかも……。

「知らせてくれてありがとう」

電話を切ってから、美里は我に返った。

(母が死んだ。母が……)

誰も知らせてくれるはずはなかった。夫の転勤で大阪を離れてから、今の家に落ち着くまで、美里は三度引っ越している。今の住所を、母も母に繋がる人たちも誰も知らない。

＊

焼香を終えて再び母の遺影に目をやった時、美里の体の中を、自分でも予測しない鋭い痛みにも似た感情が走り抜けた。その時、美里が一瞬無意識のうちに何か声を発したのか激しい視線を感じたのか、遺族席に座っていた女の一人が、チラッとこちらを向いた。妹の弥生だった。弥生は焼香台の前に立つ美里を、しばらく眼を凝らすようにして見てから、「アッ」と小さく叫ぶと立ち上がろうとした。

反射的に美里は向きを変えると、会葬者の後ろをすり抜けるように走った。後ろの方で「お姉ちゃん」と呼ぶ弥生の声が聞こえた。

誰にも会いたくなかった。走って走って、飴屋通りが終わる所の十字路を左に折れると、式場の裏の通りに出た。少し先に小さい寺が見える。追ってくる人のないのを確かめ、門をくぐってそっと本堂の横に回ると、人気のない冷え冷えした境内の隅に、ポツンと白い花をつけた木が見えた。息を整え傍に寄ると、それは山茶花だった。

他の花はすべて散り終えているのに、咲き遅れたたった一輪だけが、それ故により白々と、凛とした八重の花びらを反り返らせて冷気の中にあった。

「お母さん、私は貴女にとって一体どんな存在だったのでしょう。貴女は何も言わないで逝ってしまった。でも私は紛れもなく貴女の娘です。貴女から受け継いだものが、いくつもいくつも私の中で息づいていることを、私だけが知っています。意地っ張りなところもそっくりじゃないですか。普通の親子でいたとしても、きっと喧嘩ばかりしたでしょうね。

遠い日の理不尽な別れの時から、二人の間を流れた長い長い空白の時間は、私たちをそんな親子喧嘩もできない疎遠な間柄にしてしまいました。戦争という非情なものの手によって、新婚の夫を奪われ、幼い娘との別れも余儀なくされた、貴女の心の深い傷痕。

そして私もまた、貴女と無理やり引き離され、トラックの助手席で貴女を求めて泣いていた、幼い日の悲しみの記憶を、ずっと心の奥に抱いて生きてきました。

そんな二人なら、間に横たわる空白の時間の溝なんか、きっと埋められたはずなのに、私は素直に貴女の胸に飛び込めず、貴女も私を抱き寄せてはくれなかった。お互い意地が捨てられぬ、似た者同士の悲劇でしょうか。

お母さん、貴女は決して不幸ではなかったですよね。自分を見失わず、まっすぐ生き抜きましたよね。私も今は幸せです。長い間引きずっていたものが、どこかで吹っ切れた気がします。貴女の潔い生き方を形見として、私も逞しく生きていきますよ。

どうか安心して、安らかに眠ってください……」

美里が、若い頃の母を思わせるようなその白い花に、心の中で語りかけた時、遠くで車のクラクションが、フォーンと長く尾を引いた。母を乗せた霊柩車の出ていく音か……。

白い山茶花の傍で、そっと手を合わせた美里の指の上に、小さな雪が舞い落ち、溶けた。


―完―

あとがき

『おえりゃあせん』は、波乱に満ちた倉本登紀の晩年と、それを支え最後まで伴走した姪、美里との絆を綴った物語であり、『白い山茶花』は美里自身の半生を綴った物語であって、この二つの物語には何の接点もないように思われますが、実は『白い山茶花』の中に、美里に、登紀に寄り添って生きようと決心させる伏線があります。

『白い山茶花』の中で、美里は訳あって高校の三年間を、幼い頃別れた実の母親の再婚先で、母とその家族と共に暮らしたことが書かれていますが、その環境の中で、自分の居場所を見つけられず苦しんだ美里が、耐え切れず時々救いを求めて飛び込んだのが、当時電車で三駅ほど離れた所に住んでいた叔母登紀の元だったのです。

その頃知人の家に住み込んで店の仕事を手伝っていた登紀は、美里の訪問におよその察しはついたものの、あえて何も聞かず、手料理を食べさせ、たわいのない話で美里を和ませました。聞いてもどうしてやることもできないことを、登紀はわかっていたのでしょう。

でも美里はそれだけで救われ、気を取り直して母の元に戻り、何とか高校の三年間を切り抜けました。

『おえりゃあせん』の中で美里は、「親でも姉妹でもなく、何の世話になったというわけでもない登紀を、自分が面倒みる義理などない」と一応は突き放したようなことを言ってはいますが、あのつらい日々を無器用な温かさで励ましてくれた登紀の愛は、美里の胸の底にずっと残っていました。だから今度は自分が登紀を支える番だと。

優しい言葉も、特別な援助もなくてもいい。ただ黙って傍にいてくれるだけで、救われる人もいるということを登紀は教えてくれました。

登紀さんありがとう。　合掌

著者プロフィール

日高 三幸（ひだか みゆき）

1943年、岡山県生まれ
三重県在住
公立高校卒、介護士
現在、特別養護老人ホーム非常勤勤務

おえりゃあせん

2024年３月15日　初版第１刷発行

著　者　日高 三幸
発行者　瓜谷 綱延
発行所　株式会社文芸社
〒160-0022　東京都新宿区新宿1－10－1
電話　03-5369-3060（代表）
03-5369-2299（販売）

印刷所　株式会社エーヴィスシステムズ

ISBN978-4-286-24988-9